UN NOËL
SOLITAIRE ET PEUPLÉ

DU MEME AUTEUR

PLON
La Transhumance
Le Royaume errant
Eternelle magie
Mes Grandes Heures de Provence (édition augmentée)
Le Quartier Mortisson
Les Cas de conscience de l'instituteur
Les Lampions des fêtes
La Marseillaise
Suite provençale
La Provence qu'on assassine
I. La Diabolique Aragne
II. Les Arsacs
Ombre et lumière sur la Provence
« Il pleut, il fait soleil, le diable bat sa femme. »
Le Vieux de la Montagne

LIBRAIRIE ACADEMIQUE PERRIN
Quand la Provence nous est contée
Ce que j'appelle vivre
Le Monde des santons

HORIZONS DE FRANCE
Au fil du Rhône, des glaciers à la mer
Basse Provence et Côte d'Azur
Les Signes de la pierre

SEUIL
La Mer qui guérit

SODI (24, rue des Saints-Pères, Paris)
Ce temps qui passe, le voir passer...

BELPERROUD (Lausanne)
Bois ton rais de soleil...

BELFOND
Les Cigales de mon enfance

ROLLET (Aix-en-Provence)
Lorsque la vie était la vie (texte bilingue, provençal et français)
La Camargue des Camarguais (texte bilingue, provençal et français)

G.P. ROUGE ET OR
Il était fête **chaque jour**

MARABOUT
Traditions de Provence
L'Ombre portée

CHEZ L'AUTEUR (St Rémy-deProvence 13210 Les Cat-Fèr)
La Montagnette mystique (illustrations A. Serra)

VALLIS CLAUSA (Fontaine de Vaucluse 84800)
La Camargue et ses dieux sauvages (illustré de lithos d'A. Jordan)

MARIE MAURON

UN NOËL SOLITAIRE ET PEUPLÉ

PLON

ISBN 2-259-00414-8

I

NOËL
SOLITAIRE ET PEUPLÉ

QUEL étonnant concours de circonstances me vaut cette soirée de veille de Noël solitaire en mon gîte si souvent plein et même débordant ? Oui, c'est vrai : chacun ce soir est chez soi, avec les siens — ou chez les siens. Et si l'on n'en a plus ? si l'on est la dernière d'une maisonnée essaimée, loin d'ici dans le monde des vivants ou plus loin, dans l'autre ?

Eh bien, mais tous ces en-allés, je les ai ! je les réunis en pensée autour du foyer, de la table, des songes. Aux jours gais et aux jours qui le sont moins, pour qu'ils rient ou murmurent des mots qui savent rallumer mon soleil.

De cette solitude calendale, comme de tout événement venu du sort ou du hasard, il s'agit de trouver le côté bénéfique, de *faire porter pierre au diable.* On peut être prédisposé, on doit surtout, surtout, avoir envie de réussir à transformer un mince fait divers, fût-il morose, en une fête. C'est connaître en tout cas l'ivresse de créer et (en poussant un peu plus loin) ensoleiller sa création.

Il a fait si beau, si grand beau aujourd'hui que j'en ai profité à plein, buvant au bon cagnard, près du rosier fleuri, ce fou ! une chaleur poudreuse et diamantée plus belle que celle d'été. Je n'ai pas eu — lézard — à remuer : je n'aurai personne, ce soir. Pas de cuisine ! Pas même, pas même la Crèche !

Chers petits santons légendaires, figés pour toujours dans un geste, un pas en avant, une offrande, dans un costume d'autre-temps, dans votre conte, votre charme, et le voyage ressassé d'année en année ! C'est pour la joie des petits qu'on vous démaillotte et par leurs mains qu'on vous dispose sur des chemins, par des collines, à travers des mas de carton et des paysages de mousse, d'arbrisseaux nains, de cailloux colorés. Du plaisir des enfants, qu'il est bon de faire le sien ! Mais avec le grand âge... et seule ! Ah ! prendre, et prendre seulement le *bon du jour* au soleil d'hiver — ce miracle !

Mais il n'est si beau jour qu'il ne penche à sa fin. L'air pur fraîchit, va bientôt grisailler. Il faut obéir à la cloche, cette cloche falote du crépuscule qu'on disait aux gosses celle *du nougat* qui, disait-on encore, le jetait à toute volée. Mais il fallait courir durant son minuscule carillon dans le gris tombant. Pour moi, c'est le signal de courir... près de l'âtre et d'y faire luire et danser un autre soleil, tout humain mais fou d'étincelles. La beauté a bien des aspects, la joie aussi, quand on le veut et, ce soir de Noël je les veux tous — tellement chers d'être seulement miens !

Non, pas question de bûche selon la tradition. Qui, lui ayant fait faire trois fois le tour de la cuisine portée à quatre mains pieuses par le plus vieux et le plus jeune, y bouterait le feu (toujours à quatre mains) la bénirait, en flammes, du vin cuit de l'année, l'inciterait, au nom du dieu païen, le Soleil qu'elle symbolise, à NOUS donner ALLÉGRESSE, ALLÉGRESSE, à veiller sur NOUS TOUS, à veiller surtout (dérision !) qu'à la Noël prochaine, si, autour d'elle, *nous ne sommes pas plus nombreux, nous ne le soyons pas moins ?*

Ne crânons pas ! Il est impossible, inhumain, même avec effort, de sourire à l'ironie cruelle de cette invocation lorsqu'on arrange de ses seules deux mains le glorieux Feu de Noël. Me voilà donc aux prises avec le fagotin de pin mort pour la flamme vive et subite, qui pétille et qui étincelle ; les branches d'olivier qui savent brûler, embaumantes, de leur sève qui vit encore ; le cœur de chêne, pour la braise qui dure ; des rameaux de cyprès dont l'âme bleue danse haut et fleure l'encens.

... Aux prises aussi, fatalement, pour mon émoi heureux devant cet être en vie, aux prises aussi avec la présence soudaine des mains de jadis qui savaient bâtir, aéré juste, un bûcher pour durer longtemps, chauffer, éclairer, égayer, parfumer sans fumer. Aux prises aussi avec ces voix mortes que ressuscite ma flambée solitaire, ces voix qui plaisantaient : « Il faut être fou, bohémien ou amoureux, pour la science — pour l'art du feu ! »

Cela s'apprend tôt au Pays sorcier des Alpilles. Il faut savoir écouter le message de la terre, du roc, du ciel changeant qui toujours *signifie,* des arbres, des vents, de la pluie, des oiseaux saisonniers, des fleurs et des épines, du soleil capricieux et des douces rosées... Oui, ce message est de la musique à cent voix. Quelle beauté, quel grand enseignement n'est pas musique ? C'est pourquoi ils pénètrent, nous comblent au plus profond de nous. Sans mots. C'est aussi pourquoi, par la danse calendale du feu crêté de gerbes d'étincelles, par le chant des sèves qui chuintent, (qu'on dit le chant, la plainte des âmes mortes entrant au Paradis), avant que d'y entrer, ces âmes nôtres ressuscitent autour de ce foyer qui jadis ou naguère encore fut le leur.

Joie calendale grave, ce soir, joie si émue, si peuplée d'absentes présences ! La cloche du nougat qui fait courir les gosses, sourire les vieillards, s'est tue. Il n'y a plus que vos murmures défunts et les thèmes mêlés des flammes. Vous tous, Miens enallés, je vous évoque, vous rappelle — vivants, diserts, rieurs si je le veux. Et je le veux !

Mais, ai-je répondu à ce moi-même en plein rite sorcier : — Mais c'est souvent, mais c'est toujours, que vous vivez ici de cette vie feutrée — le souvenir, l'évocation de ceux que j'ai connus et des autres, les inconnus, ceux d'avant moi et même d'avant vous dont j'ai tant entendu conter la vie, les exploits, les misères, les bonheurs étroits, les malheurs, les aventures drôles, les hasards fous. Je vous ai quand je veux. Ou quand vous le voulez peut-être ? dans la maison, dehors, dans le soleil, le vent, dans la vie vraie et dans le rêve : quelle est la vie ? quel est le rêve ? tout est si vrai — si illusoire ! Donc, pourquoi ne pas ajouter à la vie vraie et aussi à la vie seconde de ceux qui vécurent et qui ont fini, l'illusion pure — disons mieux, avec un peu d'emphase qui se moque, disons mieux : la vie transcendée des Imaginaires, de cette famille totalement créée par moi, donc toute mienne, des personnages de mes livres ?

A y réfléchir, c'est là mon seul bien, la seule vraie famille née de moi, de mon désir, de ma joie, de mon mal parfois, de ma faim, de ma solitude, de cette ivresse, valable ou non, de pétrir mes propres santons et mot à mot, phrase après phrase, de leur infuser une vie tout autre. Valable ou non, elle aussi, seule vraie pour l'écrivain et tout artiste, une vie de pure illusion.

Ah ! la belle assemblée de personnages illusoires devant ce feu royal, sans bûche calendale, pour la première fois (la dernière peut-être) s'imposant, plus vraie que moi-même, que toutes les Ombres fidèles, les Habituées de ce mas changé ce soir en un décor de crèche d'où s'entendrait une Annonce sans voix, d'où pourrait partir, invisible, vers un Bethléem inconnu mais frais éclos au cœur de chaque figurant, le cortège joyeux d'une Pastorale insolite !

Si chacun de ces personnages fait de songe, fait de mon songe allait, illuminé par les flammes de mon foyer, vers CE QU'IL CHERCHE, sans le savoir — vers lui-même : ce Graal secret que l'on est presque sûr de ne jamais trouver. Mais tout gît, chaud, dans ce *presque,* dans ce *qui sait* ? dans l'excitation de courir plus que dans celle d'arriver.

Le temps de me remémorer ces personnages créés, abandonnés à leur destin de papier pour quelque autre, promis tôt ou tard au même oubli et au même néant, voici, dans la nuit froide et parmi tant et tant d'étoiles frais aiguisées, un autre chant de cloches, fait de toutes les cloches clamant elles aussi, en carillon joyeux, l'Annonce de l'Ange aux Bergers.

C'est si vif, si proche et si insistant que je n'ai pas le moindre doute : l'Ange a crié sur les Alpilles et même là, tout près, au sommet du mont familier qui, Lion de pierre, me semble veiller sur le mas et ses oliviers au si vieux murmure, disait Van Gogh en les peignant. C'est ce message du mont, du ciel d'hiver qui, peut-être, agite mon monde tout intérieur dans le chant de mon feu ?

Les vrais bergers de chair, las du jour, de leur longue marche, n'ont pas dû l'entendre. Leurs bêtes... cela se pourrait, puisque ce soir elles comprennent plus loin et plus profond qu'à l'ordinaire et même parlent ! On ne va plus, on n'irait plus, besace à l'épaule, vers la Palestine. On s'y bat. Le miracle n'y a plus cours. La mort, la haine y triomphent — et seules ! Mais nous, ici, ô ma famille intemporelle de papier, nous qui sommes d'un autre monde, partons pour notre propre quête en inventant notre voyage, notre miracle, notre fin — l'impossible Graal qui attend en chacun de nous quand nous consentons à vivre nos rêves.

Noël carillonne. Voici deux mille ans, les santons légendaires prenaient en chantant le chemin de leur rêve à eux. Ils quittaient un instant leur monde quotidien. Ah ! laissons celui-ci qui ne parle plus que de guerre. Prenons le nôtre. Chantons pour aérer notre quête. Noël, ce Noël solitaire qui semble vide est plein de bruissements de vie. Ce Noël démuni, si riche de nous, voici : il est nôtre !

II

LES VOICI TOUS !

Allègre ! Allègre !

Oui, Allégresse, Allégresse ! Carillonne que tu carillonneras, ô clocher qui me rends tout Noël, tous les Noëls de tous mes ans, avec l'enfance, la jeunesse, la famille, la grande table, les bûches bénies tantôt par des vieux, tantôt par des couples nouveaux : des enfants grandis qui les remplaçaient, prenant leurs places laissées vides (Ombres présentes, voletantes, sans forme ni volume qu'ils étaient devenus) si bien que le rond devant le feu comme à la table demeurait plein, demeurait le même en changeant...

Bien ! Carillonne ! carillonne, devant ce feu d'aujourd'hui — solitaire en apparence, mais si entouré par ceux, de mon peuple ! que j'ai re-modelés en pensée, en amour, faits miens de ma plume, à qui j'ai insufflé, avec mon propre souffle, l'existence fictive des personnages du papier : aussi fausse, aussi vraie et pas plus que la mienne. Ce qu'aujourd'hui, si seule et si hantée, je peux appeler la vraie mienne.

Carillonne et crée ici l'atmosphère, celle, restée miraculeuse, de la Noël où la légende adorable recrée un monde ! Et sois ! sois pour moi, monde mien !

Autour du mas, de son feu, de sa nuit, jusqu'aux Alpilles où s'il est des troupeaux, ils dorment, sans soupçonner dans le chant des cloches, l'Annonce, moi, en y pensant assez fort, j'imagine aisément, sur une cime de roc, l'Ange !

— Levez-vous ! Je crie le Miracle ! Venez, partons en troupe, allons vers lui et trouvons-le !

Les pâtres se seraient levés, les premiers,

et ils auraient cru ! Ils auraient entraîné les campagnes et les villages grâce à la force de leur foi spontanée, de leur amour soudain tout flambant neuf.

Sans savoir vers quoi, les troupeaux auraient suivi, et dans la joie, la certitude préconçue, prenant le chemin de la quête, se seraient enchantés aux refrains des fifres et des tambourins, se seraient fleuris de ce bel espoir : le miracle.

Il est en nous, en chacun de nous. C'est le Graal. Il suffit d'y croire pour le découvrir. Il suffit même d'espérer, car cet Enfant divin qu'annonçait l'Ange légendaire, apportait le même message. Il l'exprimerait clairement lorsqu'il dirait aux angoissés d'amour : « Tu ne me chercherais pas si tu ne m'avais déjà trouvé. »

Qu'ai-je voulu que vous cherchiez, qu'ai-je cherché à travers vous, peuple de papier que j'ai modelé, seulement passionnée de vous donner la vie factice qui vous permettrait de m'accompagner, de me chercher en vous, d'espérer m'y trouver ! Et prouver avec moi notre sens de la vie, notre joie à nous, vie et joie de pauvres, fleurie sur le roc et la terre de ce pays d'Alpilles bleues, grises, pays si semblable au véritable Nazareth. Notre quête n'est pas finie. Reprenons-la, ce soir propice, au chant des cloches calendales qui appellent le monde sourd. Qui nous appellent, nous, sur notre chemin de rocaille où nos pas dansants foulent des parfums nés de rien.

Car, dans tous ses caprices nés de sa vie à lui, le ciel est toujours avec nous !

Nostradamus nous a valu ce privilège, au quartier de collines, à Mortisson dont vous et moi sommes et restons les tenants, dans ces temps destructeurs qui nous assaillent de toutes les façons !

Plus que jamais, ce soir, révélons-nous Mortissonnais, c'est-à-dire éternels rêveurs de farfantelles sous la lune.

***

Avec les gens du quartier Mortisson et le Vieux-de-la-Montagne

Quelle étrange impression, nouvelle pour moi, que cette attente hasardeuse de mes héros ! Le tout premier qui me saute à la tête, pour ne pas dire au cœur, tant l'idée se confond avec le sentiment, c'est le braconnier-roi, La Broque, paresseux toujours affairé et courant après cent besognes, toutes pressées... qui attendront, car lui sait courir en pensée, immobile ou s'étirant au soleil d'hiver, à l'ombre d'été, devant l'âtre, sous la treille où, devant le ciel, il regarde mûrir la grappe.

A cette heure de rêverie où, en sa compagnie j'interroge, en son nom, les flammes :

— Partirais-tu pour cet inconnu : Bethléem, à l'appel de l'Annonce — celle que jouent à redire les cloches, si nous étions vingt siècles en arrière ?

— Je partirais, (dit-il en moi dans les grandes lueurs dansantes) je partirais pour n'importe où, à condition d'être sûr du retour, de revenir dans mon vieux mas, dans mes vieux oliviers, mes vieilles frusques de braconne, les vallons d'Alpilles où j'ai mes racines, mes aventures — bref, où j'ai ma vie qui serait plus riche de mes souvenirs et des broderies à leur ajouter. Pense : au lieu de Thérèse, la légitime-qui-rouspète-toujours, j'aurais sans doute bien d'heureuses rencontres de femmes différentes, faciles, rieuses et sans importance, sans insistance surtout... lorsque ça ne va plus. Enfin la liberté, moi qui en parle tant ! Un peu de jeu aux entournures ! Tous les gibiers ! Pas de loi, de gendarmes ! Rien que la fantaisie, le hasard des jours, du moment. Etre celui du Vent et de la semelle légère ! Assez d'imprévu quotidien pour faire rêver de solidité retrouvée, pour redonner l'envie de ce qu'on a quitté. Pour lui rendre son poids, son prix... même du charme. Un comble ! Une révolution ! Du charme à ma bourgeoise, à ses chamailleries, à ses reproches, à ses rides ! aux jeanfoutreries de mes fils, tous les deux indignes de moi : l'un qui veut jouer de la flûte, l'autre qui postule pour être facteur ! Et dire, comble de disgrâce, que je ne peux pas les croire bâtards !

— Mais ta fille, elle, ton *vrai fils* par le tempérament, comme tu aimes dire...

— Oh ! elle, sois tranquille ! Elle courrait devant ! Lui poser la question ? pas la peine ! Elle danserait de joie, pour l'aventure, devancerait les tambourins qui, en bonne règle, passent les premiers pour entraîner gaiement tout le cortège, jeunes, vieux, éclopés aussi. Puis, elle aurait l'espoir d'y retrouver Pierre le Long, celui qu'elle veut, qui ne la veut plus ayant trouvé plus riche qu'elle (c'est facile !). Et le retrouver seul, car la pauvre tordue, la boiteuse qu'il ambitionne ne se lancerait pas sur les chemins de nulle part ! Alors, pour ma fille, ma Lisette, ma Brocaillonne, quelle aubaine l'amour, même volé, la reconquête, même précaire, le bonheur plus beau d'être menacé ! Peut-être que la nouveauté des vallons traversés, des cachettes trouvées à deux, des bavardages débridés, la facilité d'être ensemble, de s'isoler, de se faire en secret la bonne manière et l'amour, arrangeraient pas mal les choses ! Et qu'est-ce qu'on veut, pour soi et ses enfants qu'on aime et que l'on comprend, et qui souffrent d'abandon, de manque ? Quoi ? le bonheur, pas plus ! Chacun le sien. Ça vaut la peine de s'ingénier, de risquer, de tricher, de faire le saut périlleux. Même au besoin, de se casser le nez. Du moins on a eu la joie de courir, des fois, d'espérer toucher l'Oiseau Bleu. Il reste celle de bien s'en souvenir et d'y repenser à triste loisir.

— C'est ta morale, Broque ?

— Ma morale ou mon épine. Je parle de ce que je sais...

Mieux vaut ne pas insister, changer de cap. Je risque :

— Et tes compagnons de braconne, Jean le Noir et Césaire, crois-tu qu'ils nous suivront — plutôt, qu'ils te suivront ? Je te sais plus adroit pour deviner quand il s'agit d'eux, tes disciples quand ils ne sont pas tes esclaves.

La Broque rit. En moi, je le sens rire :

— Si la fantaisie suit quelqu'un, mais si la grogne l'accompagne partout et toujours, ce quelqu'un de poix, c'est bien Jean. On ne le dit pas Noir pour rien. Songe : le temps perdu pour le travail de ruse-et-risque, aller en troupe sans fusil, ni furet, ni piège, ne jamais s'arrêter pour caler le lacet, la trappe ou *relever*, ne pas espérer de client mais être noyé dans la foule qui parle, chante, rit, danse aux ritournelles des fifres, comment veux-tu que Jean consente à tant de sacrifices même en se donnant la joie de grogner ? C'est sa seule, cette joie noire comme lui. Et sa malheureuse esclave de femme qu'il exploite au sang en sait long !

Là, nous nous taisons, songeurs en effet, lui et moi. Fine-du-Noir, que son tyran de mari a quittée mais qu'il garde et gourmande sans fin, comme commise au gibier piégé qu'elle vend pour lui ! Fine, murée dans le deuil de son fils, *pauvre petit brin d'herbe gris,* poussière, qu'on ne distingue pas du sol, du trou, sur qui l'on marche. Même au vrai Bethléem qui appelle ce soir, Fine n'irait pas, voir l'Enfant. Car il est en elle : son fils ! Il y vit, là, en elle, tantôt encore bébé (était-il gai, triste près d'elle ?) Rêve, Fine, rêve ! Il grandit, se marie, fait un travail honnête sous le ciel lui laboure, fauche, au grand jour. Il a des enfants... Ou bien, rien de cela. Le rêve meurt, s'impose la vérité cruelle. Adolescent, s'essayant à la chasse avec un vieux fusil rouillé, l'arme ayant éclaté, il s'est *engrainé* vif, proie du mal, du malheur, il s'est troué le pied, la jambe. Fine a voulu cacher ce déshonneur du vieux fusil de la braconne toujours chargé, prêt à tuer, au-dessus de la cheminée. C'est le garçon qui a payé pour le père, toujours en faute. Fine a étanché le sang jeune et pur, soigné la plaie avec ses herbes, son amour fou, son désespoir devant l'échec, ses prières qu'elle inventait et qui devenaient des imprécations. Quoi, après le sel, le vinaigre des quatre-voleurs ? Même l'essence de lavande-aspic échouait ! En désespoir de cause, elle avait appelé le médecin, disant dans son défi à Dieu, dans sa rancune : « Si TOI tu ne peux rien, menteur ! peut-être un savant fera mieux ! Avoue qu'il n'aura pas de peine ! Mais du mérite, oui ! Alors tu m'entendras, moi, la mère croyante, te mépriser ! » Là, elle se signait, peureuse en demeurant bravache, pour faire honte au Tout-Puissant qui se butait dans sa mauvaise volonté.

Ç'avait été la gangrène, l'amputation, tous les reproches des savants d'hôpital. Elle, pensait au châtiment qui lui faisait chèrement payer ses blasphèmes. Ah ! l'amour maternel devant cette injuste souffrance ! Elle pleurait : « Dites, Seigneur, s'il n'y a pas de quoi perdre la tête, vous faire déparler ! »

Elle avait emporté ce pied dans un bocal d'alcool pour l'enfouir sous l'olivier où s'était produit l'accident. La voyant folle, on avait consenti et scellé l'horrible cadavre. Elle en avait fait un fétiche. Mais rien n'avait fléchi le ciel hostile. Le fils, amputé et re-amputé était mort. Fine, raison intérieure perdue, mais conservant à peu près l'apparence, dans son farouche désespoir, était rentrée dans sa maison, dans sa vie de pauvre brin d'herbe piétiné, sa vie de Fine-du-Noir, servant de commise au mari parti, servant d'adorante à l'affreux fétiche scellé. Seulement, désormais, allant engrainer les perdreaux ou décaler les pièges, ramasser les proies mortes, elle parlait seule, gesticulait, injuriait, implorait, menaçait ou maudissait (on ne sait pas au juste) et les gens qui en avaient peur l'accusaient de semer soit le choléra, soit le *baumica,* mystérieux poison qui foudroie les oiseaux. A l'objection majeure qu'alors on ne peut pas les vendre, les superstitieux vous répondent qu'il n'est que de les vider vite et de rincer l'intérieur au vinaigre puis de les bourrer de thym. Mais nul n'a jamais vu pratiquer cette opération. C'est pour cela qu'elle est si profondément implantée dans ce terreau de peur et de mystère.

— Fine-du-Noir, dis-je à La Broque au bout de mes tristes pensées secrètes, Fine-du-Noir a chez elle son Bethléem. Elle n'ira jamais vers aucun autre.

Lui, rit :

— D'ailleurs, son maître la tient bien au boulot ! dit-il. Pas question d'aventure ni de distraction. Trime, esclave ! Même la chèvre la plus capricieuse mange au piquet qui la tient. Pire ! elle en prend l'habitude. De l'habitude, gardons-nous ! Partons ! Entends : la cloche s'impatiente !

— Pauvre cortège pour un voyage de miracle ! Qui donc — qui d'autre va s'enthousiasmer ? Ton autre compagnon, Césaire ?...

— Oh ! lui, s'il était seul, se laisserait tenter peut-être, histoire de barrer le mauvais sort. Mais il y a (enfin ou hélas !) Ricardonne. Il n'y a qu'elle dans sa vie, et il n'y a jamais eu qu'elle. Sa maîtresse, quand elle était la femme de Ricard, puisque, mariés chacun de son bord, ils étaient, chacun, le fruit défendu, le gibier de choix, braconné, gagné chaque jour au prix de calculs, de risques, de ruses, de joies dans un vallon des Alpilles ou un autre. Que de prétextes à chercher, trouver, varier ! Aller faire de l'herbe pour les lapins. Après l'ondée courir chercher des escargots nourris, là-haut, d'herbes aromatiques. Devoir ramasser du bois mort pour le feu. Ou de la salade sauvage en mars, avril, pour dépurer le sang. Ou des champignons, en automne. Et tout cela, fagoton, champignons, salade, escargots gris : c'était Césaire qui l'avait préparé d'avance, faisant deux parts dans ses quêtes rustiques, celle de son ménage et celle des Ricard. Elles étaient maigres, bien maigres ces parts, quelquefois, le partage fait. Eh ! que voulez-vous, aubaines de pauvres soumises à tous les hasards...

Oui, d'un chaud et froid, de rechutes successives, Malen, l'épouse de Césaire, était morte. Mais non Ricard, Ah ! lui, le mauvais bougre, toujours patraque, toujours là ! On ne pouvait pourtant pas le tuer ni essayer sur lui le baumica, cet expédient inconnu de tous ! Le mas de Césaire sans femme pour le ménage, la cuisine, la basse-cour, les petits encore jeunes... Par la force des choses, re-mariage ! Oh ! sans joie, Ricardonne ! Rassure-toi ! Notre belle vie, à nous, d'amoureux toujours en faute, c'est la bonne !

Ils n'avaient pas prévu les tours que le

diable tient dans son sac. Voilà-t-il pas que Ricard meurt ? La femme de ta vie, libre, Césaire — et toi, re-marié ! Que la fatalité est dure ! Et les années qui passent, passent... Lorsque, sans mauvais sort jeté ni baumica, Césaire devient veuf pour la deuxième fois, Ricardonne, veuve elle aussi, est à l'hospice des vieillards. Ni une ni deux, messe dite pour le repos, en terre, de la pauvre défunte, Césaire court chercher son ancienne amoureuse, l'arrache aux mains des religieuses et se moquant bien d'être la risée du pays, légitimement, il l'épouse.

Ah ! pour faire parler et se moquer le monde, on peut dire : c'est réussi ! Mais pour l'amour, la joie des retrouvailles, autre chanson ! Ricardonne a fini d'être braise. C'est du charbon, c'est un brandon éteint. Pire : c'est de la cendre. Césaire, lui, a toujours du mordant, mais il n'y a plus rien à mordre. Ah ! s'ils pouvaient venir, tous deux, avec nous, ce soir, quelle fête ! Mais non ! Il est trop tard pour l'amour dérobé dans le touffu de pays et de vallons neufs. Fini ce joli braconnage ! Et pour l'autre, le vrai, Césaire ne va pas oser. Il lui faudrait quitter sa vieille, sa chère vieille, mais (quand même !) sa *trop* vieille... Ah ! malheur de malheur !...

— Quelle sombre idée te saisit ? demandé-je à La Broque, étonnée de son soudain silence.

— Pas une idée, une constatation : l'amour, la liberté, bref, le bonheur que l'on se tue bêtement à poursuivre : quelle foutaise ! Vivons chaque chose, mais au jour le jour ! Sans prévoir ni vouloir et comme elle arrive.

— Alors, pourquoi t'obstines-tu à courser Julia, la cartomancienne galante, qui n'a d'yeux que pour ton garçon, qui te mortifie devant lui, met la brouille entre vous ou presque, aiguise contre toi son cynisme et son irrespect, fait par contrecoup souffrir, s'aigrir, se calciner le foie de la pauvre Thérèse, ta femme qui ne mérite pas...

— Tu ne vas pas parler de mérite, ni de famille, ni de devoir, ni de je ne sais quoi quand il s'agit non pas de sentiment, Dieu garde ! mais de sang brûlé, de cette sorte de passion qui balaie tout quand le corps hurle sa famine ! Ah ! que Julia vienne avec nous ! Et quand je dis nous, c'est tous, c'est nous tous que je veux dire : mon fils et rival, mais aussi les autres ! Tu vois bien que je prends les événements comme ils viennent, au jour le jour, l'instant l'instant, selon le hasard, l'aventure. Qu'elle vienne, pour les amours de hasard, justement, les nouveaux amants de rencontre brochant sur les anciens, pour les tarots aussi, où elle joue à rouler les clients en leur faisant d'abord dire ce qu'ils voudraient entendre. Qu'elle vienne, attirée par les gens, les pays nouveaux, la joie du chemin, de la compagnie, le plaisir de tout et de rien. Et que, mépris ou non, égratignure, blessure, rire ou non, en la suivant, l'accompagnant, caché ou au grand jour, je puisse la voir, lui parler, l'écouter et même, parfois, profiter des miettes...

Pour couper court à ce monologue d'ardeur qui, forcément, débouche sur la peine, je risque sur un ton léger :

— Quelqu'un qui nous suivra, à coup sûr, dans l'enthousiasme, c'est ton fils, le flûtiste, beau pèlerin toujours en quête de miracle, de découverte, d'harmonie muée en musique. Il exprimera dans ses trilles la poésie, le charme de la route que les mots ne peuvent pas dire. Le violoniste son maître, sera là, lui aussi, et le peintre, donc ! Tous ceux-là, les artistes, que cherchent-ils ? Le MOTIF ! la chaîne, la trame pour broder ensuite dessus. L'inspiration qui frappe au front, au cœur, comme un caillou... non, comme un silex car il en jaillit souvent des bouquets d'étincelles.

La Broque rit :

— J'en sais qui n'étincellent pas et refuseront de venir chercher l'inspiration de quoi que ce soit sous la lune.

— Oui, des pauvres ! dis-je, l'air apitoyé.

Il se rebiffe :

— Non ! NOS RICHES au contraire, ceux qui ont tout et donc ne recherchent plus rien. Monsieur Bertagne par exemple, le pourvu, le bon retraité, qui a tout vu, qui est blasé sur tout. Il a tant couru l'Orient, le vrai et tous les autres, même les plus EXTRÊMES, qu'il rira (ou rirait) de toi. Lui, préfère ses souvenirs. Il s'y voit toujours le plus fort, le plus puissant des fonctionnaires, le plus habile à faire suer le burnous, le plus redouté, le mieux obéi. LE PLUS BEAU !

J'objecte :

— C'est un point de vue. S'il invente, s'il embellit, s'il se fait joie de ses souvenirs fabriqués, il est artiste dans son genre. Faire soi-même son bonheur à son gré, ce n'est pas rien !

Il soupire, puis rit :

— C'est vrai : quand j'ai un peu trop bu, j'arrive à me croire encore jeune, un peu riche (pas trop : ce serait dangereux !) assez beau (pourquoi pas ?) pour plaire à Julia. Lui plaire par moi-même et faire la pige à mon fils, à tous les autres du Syndicat d'amants. Je me conte qu'elle les chasse, qu'elle les injurie s'ils insistent, se moque d'eux et crie : « Je n'aime que La Broque ! Il me ravit, il me comble ! Lui seul ! Allez ouste ! » Ah ! quelle fête je me donne. Mais la fraîcheur de la nuit, quand je rentre, ça dégrise ! Et plus encore la grogne de Thérèse lorsque je suis rentré en plein. Ce n'est plus le *rêve qui passe,* comme dans la chanson, mais le cauchemar qui va commencer et je me retrouve La Broque, nu et cru, cocu de son fils, celui qu'on supporte. Le métier, le travail, pas vrai ? celui, aussi, à qui on en parle de ce travail : le pas fait, et qui vous attend demain matin. Se lever tôt, trimer...

— Oui, mais les proies que tu relèves dans la rosée, avant le passage du garde. Et, à l'heure de les poser, quand tombe la nuit, l'autre proie, celle qui consent, Julia. Que t'importe pourquoi elle consent à se laisser piper, puisque tu peux faire semblant d'y croire et imaginer à ta guise le roman qui te comble d'aise ?

Il ne me croit pas sur parole :

— C'est la corde raide que tu me proposes et, crois-moi, ce sont les jambes que j'ai raides. Et pas souple, non plus, mon imagination.

Notre dialogue s'égare. Je range le feu pour gagner du temps et trouver un autre chemin. Comme le plus habituel nous est, à tous les deux, celui, multiplié, si divers et toujours le même de la colline, je finis par aboutir au mas de Clarille, le vieux berger.

Ah ! lui, il n'hésitera pas ! Sur le chemin du Bethléem laïque, vaguement païen, un peu hérétique où, ce soir, me mènent les cloches, lui, se hâtera tout de suite, bâton en main, musette à l'épaule, les bêtes de son petit troupeau serrées autour de lui. Un bloc vivant, un bloc de confiante foi. Ma question semble à peine le surprendre :

— Bien sûr, bégaie-t-il, je te suis ! Ce voyage immobile sur la route de la Lumière, c'est d'abord celle des bergers. Il y a deux mille ans, c'est moi, ici, qui aurais le premier de tous entendu l'Ange, y aurais cru, l'aurais suivi. En tête, oui, les tambourins, les fifres ! Nous, de Mortisson, nous avons, ce soir, si nous le voulons bien, le flûtiste et le violoniste qui font tant rire d'eux, parce que leur métier ne rapporte rien, comme disent tous les gagne-petit et les va-nu-pieds du quartier. Moi, je sais ce qu'ils gagneront, dans ce voyage-ci.

— Quoi, selon vous, Clarille ?

— Ce qu'ils auront donné aux autres : la joie de la route, la fatigue ôtée aux jambes des vieux, la danse au cœur des jeunes, toujours fleurissant de nouveau, le rire sur toutes les lèvres, l'amitié unissant, liant tout le cortège avec les rubans de leurs airs. Car si, au bout, on trouvait Dieu, vraiment, s'il nous demandait de montrer nos comptes, il se trouverait que chacun aurait ce qu'il aurait donné. Rien d'autre. C'est ça, la richesse. Si tu es le pauvre Ravi de la Crèche, si tu n'as rien, lève les bras et appelle les autres à partager ta joie, ton ravissement pour tout dire. C'est toi qui auras fait le plus beau des cadeaux — la joie ! Tu auras fait croire au miracle car toi, l'innocent, le fada, c'est-à-dire l'enfant des fées, d'emblée tu croiras au beau, au miracle.

— En ce sens-là, dis-je, le peintre aussi versera à tous un trésor de couleurs, de beauté, de joie : de cette joie que vous connaissez bien, vous qui comblez d'amour vos bêtes et nous tous, vos amis, avec votre miel, vos fruits, vos paroles, votre feu d'épines si clair, votre indulgence à nos manques, votre rire silencieux qui encourage et remet dans le droit chemin. Lui, *le tireur de plans,* comme vous aimez l'appeler, ayant cherché, trouvé en route des gens, des ciels, des paysages jamais vus encore, jettera devant nos yeux ravis et aux pieds du dieu de la Crèche son monde à lui — une autre création ! Quelle quête ! Quelle trouvaille ! Quel cadeau, même pour l'Enfant !

— En parlant d'enfant, dit Clarille, penses-tu que Madran, sa Roseline et les petits viendront ?

— Pourquoi pas ?

— Bien sûr ! Mais... pourquoi ? Car, fait-il, plongeant au profond de lui, si je comprends bien, chacun va sur cette route de hasard pour chercher ce qui lui importe plus que tout et qui, dans le train-train quotidien, lui reste brouillé.

— C'est cela, dis-je, ... se cherche SOI, en somme. Curieusement, en mélangeant l'inattendu, le nouveau, l'étonnant à son banal habituel. Vous savez, le choc, souvent vous éclaire. Madran... réfléchissons ensemble.

— C'est un pauvre petit, dit Clarille, à qui tout a manqué toujours. Ni famille, ni compagnie, ni amitié, ni maison, ni métier, ni amour jusqu'à Roseline, joyeuse de vivre et jolie, jusqu'aux deux enfants, jusqu'à la cabane où ils gîtent, un peu terrier, un peu bauge mais un peu nid, jusqu'à ce travail de bricole : salade de champs, escargots, menu bois, pièges, chapardages.

— Précisément, Clarille, nous serons (je dis bien : *serons* car il faudra les décider !) dans cette aventure de Crèche et cette foule unie, nous serons sa famille ; nos abris ou nos nuits à la belle étoile, les leurs ; la compagnie et l'amitié, nombreuses, ils les auront. Quant au métier... la terre est partout riche et généreuse. Des escargots, des salades d'hiver au pied des arbres et à l'abri des rocs, ils en trouveront ! Des lessives aux cordes ? à quoi bon ? cela leur pèserait en route. Voyez : par la force des choses, Madran va devenir honnête, nous fréquenter tous, fraternellement, sa Roseline pourra plaisanter, rire tout son saoul. Et les enfants ! mon Dieu qu'ils s'amuseront en chemin ! Rien ne peut empêcher les Madran de partir : rien ne les retient tant, ici ; la nouveauté de cette vie avec vous va leur être riche ! Comme leurs pas seront légers, seront dansants ! Nulle ambition de posséder, d'accumuler, de se charger, fût-ce de biens, d'économiser pour le lendemain seulement, ne les alourdira jamais. Ils seront pareils à leurs gosses. Je dirai plus : ils vivront enfin cette enfance qu'ils n'ont pas eue.

Clarille réfléchit, à l'ordinaire, longtemps silencieux, puis murmure en moi :

— C'est vrai, leur propre enfance. Pareils à leurs gosses ravis, car ce sont eux, ces deux petits, qui sur la route aventureuse et gaie doivent être nos deux Ravis. Je les ai vus, dans la colline, avec leur père occupé de ses maigres riens, mais, eux, jouant de tout : des fleurs et des pommes de pin dont ils faisaient des chars parés — des *charrettes ramées* semblables, en plus beau, à celles des fêtes votives. En guise de chevaux *harnachés à la sarrasine,* ils y attelaient avec des brins d'herbe tressés, des hannetons, des cigales, des sauterelles, tant que les chars parés en l'honneur de l'Agriculture devenaient des bijoux volants ou des avions à l'assaut du ciel et des dieux. En ces dieux inconnus et rêvés, ils se déguisaient avec des lianes, des cordons de clématite blanche où les abeilles persistaient à butiner, ce qui les faisait rire. Ils jouaient avec mes amandes qu'ils disputaient aux écureuils puis, avec eux, partageaient le festin, y ajoutant mes grappes muscates d'automne. Ah ! je les connais bien, ces deux petits Ravis ! C'est moi qui l'étais bientôt avec eux. En leur compagnie, nous en serons tous, des Ravis !

Gagnée par un tel attendrissement :

— Quel regret, pour ceux qui ne viendront pas ! m'écriai-je.

— Brocaillon III, par exemple ! dit-il, ricanant doucement sans méchanceté, plaisantant à sa façon imperceptible : il a une telle ambition *d'arriver,* par le biais des Postes, de monter en grade à partir de sa planque (pense : facteur !), de décrocher une agence postale — que sais-je encore ? pourquoi pas devenir ministre ? — qu'il ne lâchera pas sa tournée pour la nôtre !

— De lui, nous nous passerons bien ! Mais, du vieux Siffroy qui pour nous et notre folie pastorale ne lâchera ni son cabanon, ni sa vigne, ni sa source au pied du gros chêne, ni son festin rustique et solitaire devant son beau feu de sarments ? J'en ai du chagrin par avance.

Clarille se récrie :

— Moi, non. Siffroy vit son Noël seul chez lui et il est heureux. Plus heureux là avec ses propres songeries qu'avec les nôtres, avec nous tous. Non qu'il soit sauvage, mais il se suffit. Je ne connais pas de plus sûr bonheur.

Je crois qu'il a raison. Ne troublons pas ce sage qui, appliquant sans le savoir le vieux précepte du poète chinois, *refait chaque matin son ciel* à son image, coloré selon son désir, s'amusant peut-être que ce désir change avec le vent, le soleil, les nuages, leurs reflets dans son cœur serein.

— Vous avez raison, Siffroy ne viendra pas avec nous parce qu'il se suffit, qu'il porte son Noël, son miracle avec lui. Mais j'en sais qui ne viendront pas parce que Noël, le jour de fête carillonné, leur pèse lourd.

— Si tu parles de cette vieille, veuve de Joachim, que nous surnommons Salomé parce qu'elle ressemble aux statues des Saintes Maries de la Mer, tu te trompes. Elle était comblée du temps de son pauvre mari car ils formaient un couple incomparable. Il ne leur manquait que de s'abriter, se tenant par le bras, sous l'immense parapluie rouge pour être le modèle des santons unis pour l'éternité : Grasset, Grassette de la Crèche. Lui, le plus âgé, est mort le premier, sans souffrances, comme une lampe qui s'éteint faute d'huile parce que tout ce qui vit et a vécu s'éteint. Mais pour elle, Joachim vit à ses côtés, comme autrefois, comme toujours, pour toujours semble-t-il. Le souvenir de chaque jour — chaque geste, chaque parole si souvent répétés — ce souvenir vivant continue à les répéter pour la femme que les revit. Nul autre désir que continuer une *existence à deux* qui demeure parfaite et pleine.

— Non, ce n'est pas à elle que je pensais. La nouveauté, l'aventure sans Joachim l'importuneraient comme une traîtrise. Elle en préférera le récit, au retour, pour s'en amuser sans avoir fauté, s'être dissipée, égoïste.

J'exclus aussi le Vieux-de-l'Hôpital qui a tout quitté de la vie par lassitude ou par indifférence, sauf l'âne qui le mène plus qu'il ne l'emmène lui-même à l'olivette de l'hospice, tant que leur groupe ne fait qu'UN. Lui, que le nougat mou et la fougasse à l'huile du pauvre festin de Noël comblent de volupté gourmande — plaisir de chaque année, si court, qu'il l'a chaque fois oublié, ce qui lui permet de le retrouver, inchangé. Incapable de toute joie, notre voyage imaginaire sur les chemins de rêverie ne lui serait rien — que fatigue, ennui.

Mais je sais quelqu'un qui s'en charmerait si elle pouvait sortir de sa gangue de malédiction : la lépreuse qui vit seule, recluse parce qu'elle épouvante. Elle est bonne, douce, indulgente à qui l'évite, même à ses enfants qui déposent en hâte près d'elle de quoi se nourrir, à ses petits-enfants qui la fuient nettement, tâchent de l'oublier, de la faire oublier à leurs amis et camarades jeunes qui pourraient les prendre en dégoût et refuser de les faire danser. Cette méchante descendance de la pauvre Vieille, ne l'admettons pas ! Elle n'est pas digne du rêve, du chemin qui y mène, du miracle qui est au bout de la longue quête — SOI-MÊME, son plus profond secret, son propre Graal. Ils ne savent pas ce que c'est.

Mais elle, la maudite innocente, la Solitude incarnée, qui vivote de ce que, par décence, les enfants lui apportent, mais qui vit, en réalité, des chansons qu'elle invente, des souvenirs qu'elle amalgame pour en faire ses plus chers contes, qu'elle glanerait de motifs par nos chemins, de vives joies parmi nous, qu'elle forgerait de poèmes épars à partir de ce Nazareth intérieur vers quoi nous allons, qui se nourrit d'amitié, d'aventure ! On n'ose pas l'inviter, par pudeur ! Ce serait ajouter à son mal, nourrir son refus de notre grossière indélicatesse. Il faudra beaucoup de doigté et, aussi, hélas, de courage, pour lui conter, après, notre escapade calendale... légèrement, comme une fantaisie subite, un caprice, un rien du tout, le lui offrir comme prétexte à des chansons, contre l'ennui d'hiver.

*
* *

— En parlant de disgrâce injuste, de lèpre, de difficulté à dire ou faire quelque chose pour les réprouvés, sans les blesser plus, remarque Clarille, je pense à celui qu'on nommait le Vieux de la Montagne, qui vivait seul dans le cabanon forestier, abandonné dans le vallon des cèdres, qui refusait toute compagnie, tout ami, tout amour jadis, parce que, jeune encore, un rat furieux l'avait mordu à la bouche, ébréchant sa lèvre, et qu'il craignait pouvoir donner la peste. Tu sais (tu as voulu) qu'un peintre épris des collines, des paysages qui servaient son métier, se prenne d'amitié pour lui. Mais tu l'as vu : entre eux (comme entre tous, peut-être !) s'est glissé le malentendu. Ils n'ont pas pu grand'chose l'un pour l'autre et, menacé de l'hospice-à-vieillards où le poussaient quelques *humanitaires* pour l'expulser du pauvre cabanon, ils l'ont, tous ensemble, poussé à aller se perdre au fond des carrières. Toi, tu lui aurais dit : « Ce n'est pas vrai, votre peste du rat ! Secouez votre solitude ! Venez avec nous, en cortège, en farandole, en Pastorale vers une Palestine où la guerre n'existe pas ! Nous trouverons ensemble non le Sauveur, sans doute, mais la fraternité entre nous, sans parler du fond de nous, si bien caché qu'il faut de l'air nouveau, du loisir, la fête à coup sûr, et peut-être la compagnie où se frotter pour le trouver. » Eh bien, avec ta bonne, ton excellente bonne volonté d'alléger sa misère et de l'ensoleiller, tu aurais été importune, tu aurais hâté sa fuite... sa fin solitaire, comme les autres, bien qu'avec d'autres intentions. Ah ! crois-moi ! Prudence, prudence pour effleurer ceux qui ont mal !

— Maladroit, surtout incompréhensif, dis-je voulant changer de cap, a été ce peintre venu de Paris, épris d'Alpilles, qui s'est cru son ami.

— Lui, c'était différent, coupe le pâtre : il était étranger et l'est resté ; dessiner le pays, le peindre, parler ou se taire auprès d'UN d'ici, fait de ces rocs, ne change rien, ne fait bouger la barrière qu'en apparence. On fait ce qu'on peut, ce qu'on pense bon, mais ce n'est pas penser les sentiments qu'il faut. Il avait beau avoir du talent, être fort, intelligent, de bon vouloir, il n'a rien senti, du roc ni du Vieux. Tu penserais, ce soir, à lui proposer de partir pour l'inconnu ? Non. Même sa curiosité (assez pareille, il semble à celle du nôtre, de peintre, venu d'ailleurs pourtant mais si bien entré dans le jeu !) même sa passion de tout peindre de ces paysages nouveaux qui doivent, disais-tu, vous frapper dur, au cœur, comme une pierre et provoquer des étincelles, n'aurait provoqué que des mots, l'aurait laissé, seul, en marge de tous. C'est le pays, plus que les gens, qui l'a déçu. La preuve en est qu'il est reparti sur la Côte, qu'il retournera à Paris, que son séjour ici, le Vieux, les Alpilles, le trou des carrières, la mort dedans, le refus du Vieux : tout n'aura été, pour lui, qu'un moment. La Palestine, la vraie où l'on s'étripe aujourd'hui, celle des journaux, c'est la sienne. Pas du tout la nôtre où nous irons dans un moment, avec les cloches. Elle le ferait non pas rire, mais sourire en coin : un conte naïf ! Gardons-nous. Choisissons — comme sait si bien le faire le Pays. Comme lui, doucement, fermement, sachons rejeter !

Que nos propos tournent au grave, au sage ! J'avoue que risquer d'être maladroite m'inquiète, et je m'écrie :

— Eh bien ! cherchons des jeunes, des joyeux qui auront, pour partir, des raisons joyeuses comme eux ! Par exemple Rina, la Romagnole au pied léger, au cœur plus qu'innombrable.

— Là, soupire en riant Clarille, je déclare forfait. Rina la frivole, le Romagnol son triste légitime, ses amants, ce n'est pas mon monde. Comment les aborder avec des mots de vieux ?

— En faisant semblant d'être jeune mais tenant compte qu'ils ne le croiront pas.

Hochant la tête, souriant comme moi, Clarille, je le sens, aspire à rejoindre son monde, son monde à lui, de rocs, de troupeaux, d'arbres. Mais, je le sais, l'Heure H venue, c'est lui et ses moutons qui marcheront devant en bousculant les musiciens qui, d'autorité, mènent tout cortège. Seulement lui, par-dessus toute autorité, est, a été, reste celui qui, le premier, a su l'annonce du miracle. Parce que le miracle est en lui. Et que, pour nous, pour tous, il le fait luire dans ses regards, ses propos, ses silences.

Ranger le feu, le faire pétiller, joyeux, et, moi aussi, accoster des jeunes rieurs !

— Rina, dis-je, l'air dégagé, à la jolie prostituée, Rina, veux-tu venir faire avec nous tous — du moins ceux qui valent le jeu et la joie — une longue excursion de Noël... jusqu'à...

— Jusqu'au diable ! achève-t-elle, affriolée. Ah ! oui ! que je veux ! Sortir de mon trou ! Une troupe ! voir du pays ! des foules...

— Mais sérieuses peut-être, et (qui sait ?) recueillies ! Car nous allons partir pour Bethléem, chacun avec son idée derrière la tête, et va savoir si quelques-uns, en croyant encore à la Crèche, à l'Ange, à l'appel des bergers, au Sauveur Enfant n'auront pas la foi ?

— Ce sera leur affaire, admet Rina.

J'aurai la mienne, de plaire, de séduire, de gagner ma vie par chemin, entre vous tous, en faisant fête ! Seulement, il s'agit de laisser mon mari au mas : il a son métier, au moins cent métiers, et ne peut pas, et ne doit pas abandonner la maçonnerie, le bûcheronnage, le focardage des fossés, la coupe des roseaux d'hiver, les journées d'aide ici et là qu'on lui demande parce qu'il est *bien-faisant,* et tout le reste enfin, qui nous fait vivre ! Il gardera les deux enfants qui sont trop petits pour la route. Du reste, ce n'est pas leur place à ces innocents-là ! Une autre condition : que Pierre-le-Long vienne ! Pour moi, pas de fête sans lui et la Noël, n'est-ce pas, c'est celle de l'amour ! Arrange ça pour nous faire à chacun (à chacun et à tous) un vrai Noël comme jamais ! un vrai Noël du Tonnerre de Dieu !

Et la voilà qui chante et danse devant mon feu, riant au ciel :

Il est né, le divin Enfant,
Jouez, hautbois, résonnez, musettes !

Elle me surprend, cette Romagnole qui,

si étrangement, est la seule à penser Noël, Noël-le-classique, avec son cantique.

— Le temps, ajoute-t-elle affairée, de me refriser, de repasser ma robe des dimanches, bien qu'elle doive en route être, pas mal froissée par beaucoup de mains impatientes, et je rejoins qui ? voyons ? les jeunes, bien sûr ! les petites filles et les petits-fils de Reynaude que vous appelez la Lépreuse, qui vous fait peur — sauf à moi cependant, car je lui fais la charité de ma visite, vers le soir, quand le froid de décembre pique. Ma tisane est la bienvenue...

Je suis gênée par cette bonté ignorée de tout Mortisson. Il connaît la vie scandaleuse de Rina, mais pas son bon cœur. Il dit qu'elle l'a grand, trop grand, comme Julia, la cartomancienne qui, elle aussi, joue de l'amour, donne du plaisir ... et en vit. Je la remercie pour Reynaude. Elle répond, candide :

— Mais quoi ! c'est naturel ! Est-ce que Dieu, celui qui va naître, n'a pas, dit-on, baisé, lui, un lépreux ? Je n'offre, moi, qu'une infusion. C'est pauvre. Mais Dieu comprendra : une — disons — petite putain de Mortisson, ce quartier de collines, est pauvre. Elle offre ce qu'elle a. Dieu et Reynaude savent que c'est de tout mon cœur.

— Tu es magnifique ! lui dis-je sincèrement. Je voudrais te faire plaisir quand, au contraire, je vais te décevoir. Tu aimerais partir, baguenauder en route et rire avec des jeunes. Je te comprends. Mais il en manquera. Les Reynaud, filles et garçons n'ont pas ton dévouement, ta gentillesse avec leur pauvre vieille.

Elle me coupe, sans méchanceté :

— Mais qui l'a ? On se donne l'air, quelquefois, on entre un moment, on lui porte un pot de miel, quelques biscuits, quelques paroles et l'on s'enfuit. On se tient pour quitte, pas vrai ?

Cette allusion, involontaire ou non, me fait rougir. Je suis en faute. Faisant écho à ma pensée, Rina, très simplement, explique tout :

— Les gens manquent d'amour. Je ne les blâme pas. Le visage rongé de la pauvre vieille fait peur. Moi, d'amour, j'en ai trop, pour tous. C'est ce qui me perd aux yeux de... mes juges. (Elle rit.) D'abord, eux, les sans-cœur, de quel droit jugent-ils ? Tiens, justement, le seul qui aurait le droit de juger, puisqu'il est parfait : ce Dieu qui va naître, renaître comme à chaque Noël, il n'a blâmé ni la femme adultère ni Marie-Madeleine. Au contraire, il les a aimées.

— Que tu es savante, Rina !

— Mais non, dit-elle en éclatant de rire, La Broque le chante aux veillées dans cette chanson qui commence par un tableau à faire peur :

Le Christ était cloué sur sa croix d'infamie

et qui, heureusement, en arrive à ces mots bénis :

J'ai dit Dieu te pardonne à la femme [adultère,
J'ai fait de Madeleine une sainte d'amour.

On apprend quelque chose à nos veillées mortissonnaises. Moi, j'ai su que j'étais en règle. Pas magnifique, non ! Ne dis pas de gros mots. En règle. Aimant tout, libre de le faire, digne d'aller avec vous, n'importe où, pourvu que j'aie permission d'être heureuse. Sans mari qui grogne toujours, auprès de qui me plaira... Pierre, ou d'autres ! J'ai du répondant et je l'offre. Est-ce un tort d'avoir le cœur chaud et de partager le bonheur d'aimer ?

Pour un soir de Noël — un soir méditant près du feu que sacralisent, plus que les ombres de mes morts, celles, vivant pour moi, de mes Imaginaires, c'est un propos spontané de cœur simple qui va loin et profond. Un propos qui éclaire.

*
* *

Devenir santonnière...

Il m'éclaire aussi sur moi-même, sur l'autrefois et le présent. Lorsque j'ai, comme un santonnier, pétri ces personnages en transposant, interprétant avec l'ivresse de créer, les vrais du quartier Mortisson parmi leurs rocs, leurs oliviers, leurs mas, simples et clairs comme leurs vies, comme leurs cœurs, j'étais moi-même à leur image. Car c'est lui, c'est le santonnier qui se pétrit, à son insu, avec l'argile.

Jeune, limpide avant tout trouble de la vie et tout amour pour le pays, les gens, mon mas pareils aux leurs, nos vallons, nos arbres, nos bêtes, notre si riche pauvreté, nos rires mêlés : de vrais rires — J'étais l'un d'eux.

La pudeur provençale veut que, sous le bruit joyeux des bavardages, on garde pour soi l'important, le grave, le triste et que, discret envers les autres comme envers soi-même, on évite de creuser le sol sous l'herbe et ses fleurs. D'où la gaieté extériorisée. D'où aussi le dicton doux amer, si sage : « Toutes les fois qu'on rit il n'est pas forcé qu'on en ait envie. » J'aime y joindre (si vrai !) cet autre : « Avec du rire, même les croix se mangent. »

Jeune, on est séduit par ce rire qui sait, aux yeux d'autrui, dissimuler les croix. Peu à peu ou bien par à-coups, la vie qui a bien des tours dans son sac vous les montre. Le rire tient car il faut tenir, mais se fane. Le regard, lui, s'aiguise. Dans le tableau changeant apparaissent les ombres. Oui, elles donnent du relief ! Ce qu'on nomme l'expérience est simplement l'art de les lire, de les interpréter, ce qui signifie souvent en souffrir. Mais on gagne en subtilité...

Le santonnier, d'instinct, donne à ses personnages les sentiments exprimés par les rides, l'attitude, le vêtement, l'offrande des mains et du cœur qu'il a constatés — éprouvés.

Santons de papier mûris avec moi, vous joindrez-vous à notre troupe hétéroclite, qui festoie ou qui fait semblant, chacun menant une quête secrète ? Si oui, comme je le désire, qui sait vers quoi, pour quoi vous irez au hasard ? Mon jeu de Noël solitaire est de méditer en silence sur vos silences lourds de mystérieuse passion.

Quel jeu ! faire le vide en soi et, à force de les scruter, ces beaux caprices de la flamme et des braises, vous y voir peu à peu surgir, vivre votre vie de papier, l'imaginaire aux yeux de tous, la vraie pour moi. Qui a tout pris, tout enchanté — Maya divine — à sa façon de santonnière, fantaisiste comme le feu, péremptoire et muette comme la Création.

Toujours le chant des cloches ! Après l'appel vers les églises, la Messe de Minuit doit dérouler ses fastes un à un au carillon qui indique le culte, puis la procession des santons, les bien vivants, si beaux, qui partent pour la Palestine imaginaire (comme nous) et, simulant le long cheminement, montent, descendent les travées de l'église, leurs offrandes aux mains, des noëls chantés volant autour d'eux. Ils arrivent enfin devant la Crèche figurée par le curé, sur les degrés du maître-autel. Chaque couple de pèlerins dépose dans ses mains respectueuses son offrande, soit bergère, soit paysanne, se pliant en génuflexions. Les plus humbles ne donnent rien que l'agenouillement pieux et l'amour dont leur cœur déborde. Ce sont là les offrandes qui conviennent le mieux à ce non moins humble Enfant du Miracle.

Chaque acte du grand cérémonial est indiqué, est accompagné par les cloches. Voilà pourquoi, nous qui allons partir par des chemins plus nus que ceux du temple, nous préparons en nous nos secrètes offrandes si dépouillées au chant de ces cloches réelles.

III

AVEC CEUX DE LA SUITE PROVENÇALE

QUELLE atmosphère faste pour parler de pèlerinage ! Le souvenir me hante — davantage ce soir à cause de cette ambiance si propice au recueillement et au souvenir méditant — d'un que je voulais imposer à des pèlerins de Haute-Provence.

Je l'avais fait, en vrai, méticuleusement, moi-même, à Compostelle, par le vrai chemin pèlerin du XIIe siècle, celui de la foi absolue. Je voulais savoir d'après quels récits colorés, quelles images, pour quel but excitant des foules du Midi français et de ses Alpes, de ses plaines riches où l'on vit heureux, partaient vers l'inconnu, aux mille risques du voyage, de ses rigueurs, de la disette, des brigands, avec quelque argent ayant cours ou non sur la route, y ajoutant encore l'imbroglio des langues mélangées, la longueur du chemin, l'épidémie de bout en bout, les léproseries surchargées, l'incertitude du retour... Curiosité ? Goût de l'Ailleurs ? Foi délirante ? Fuite ? Désir d'expiation après un crime ? Vœu ardu pour le dépassement de soi ? Qu'emportaient-ils, en eux, qu'ils voulaient découvrir, se préciser ou adorer ? Que trouvaient-ils ? Que racontaient-ils, ceux qui revenaient, de leurs malheurs, de leurs déceptions, de leurs joies, de leurs surprises, de leurs enthousiasmes ? Quelles vérités vraies ou adornées ? De quelle braise enflammaient-ils les autres ? Et s'ils étaient restés là-bas, lépreux, pestiférés ou morts, de quelle épouvante, quelle exaltation, quel exemple étaient-ils encore le sujet ?

Quelle quête pour moi, ô grand Santiago qui as sauvé, de ton élan depuis le ciel vers cette terre, le roi Ramire menacé par les Maures ! Mais la route n'était pour moi que série d'émerveillements. La foi n'y avait pas sa place. Le splendide ciel demeurait splendide et muet. J'étais trop étonnée, trop curieuse et émue de tout pour me livrer tout entière à ma quête, car c'est tout entière qu'elle m'exigeait.

Au retour, l'esprit et le cœur demeurant pleins de Compostelle, je la repris en parcourant pied à pied, de mes espadrilles, cette Haute-Provence austère d'où je savais du moins, que partiraient mes gens. Quelles gens allais-je trouver ?

Je vis bien des villages, bien des vallons, je les aimai ; cependant d'aucun de ces lieux ne seraient partis pour si loin mes héros inconnus, jusqu'ici introuvables. Oh ! je rencontrai des hommes, des femmes, des jeunes, des vieux, tous affables du moment que je saluais amicalement et parlais, *pas fière* et accoutrée comme eux, leur faisant compliment de ce pays que j'aime et connais bien ! Tous le savent. Tous, mais aucun ne me livrait ce regard, ce pli de visage, ce ton de voix, cette vivacité du propos, ce silence même, qui révèlent l'exaltation. Nul ne me permettait cette transposition allant de lui à quelque ancêtre du XIIe.

Lorsqu'un soir, faisant la veillée de charité auprès d'une malade que des amis soignaient car, comme la pauvre Reynaude de Mortisson, elle n'était que plaie, pour dominer — moi, l'étrangère — mon haut-le-cœur, d'ailleurs n'ayant rien d'autre pour lui montrer ma sympathie, je racontai que j'avais découvert, dans tel hameau de la montagne, une vieille maison fermée, avec l'escalier extérieur, l'auvent pour sécher le maïs (d'ailleurs absent), le balcon de bois branlant sur le gouffre. Personne. L'huis plus que clos. L'abandon absolu.

— Parbleu, dit la lépreuse, c'est la maison — abandonnée vous dites bien ! — de l'assassin, du moins de la femme qui causa le crime, partie, morte plus tard elle aussi. Personne n'est plus.

Et cependant qu'on la pansait avec de l'huile de lavande, pour lui faire oublier son mal, je lui fis raconter le drame. Ces personnages-là n'étaient pas des Imaginaires. On ne pouvait en faire des santons de rage et de sang. Tous morts ou disparus, ils échappaient à toute Pastorale comme à toute justice humaine. La maison délabrée dans l'à-jamais de l'abandon en était le plus pur symbole. Ceci au temporel.

Au regard de ma quête, j'avais tout découvert ensemble : le lieu, le foyer mort, morts les gens, ces gens mêmes que jamais je ne connaîtrais, qui ne pouvaient donc pas gêner mon pétrissage. Ils n'étaient que la base réelle d'où part le roman qui, lui, sous ce qu'on nomme pompeusement et faussement l'inspiration, bâtit, transpose, invente : crée ! Un autre monde doit en naître, bon ou mauvais, valable ou non. Mais, après tout, ne nous frappons pas : dans la vie naissent aussi des mal venus. L'erreur est humaine — et même divine !

J'emportai au cœur l'embryon, fécond de sa réalité. Il me restait de lui en imposer une autre. Je savais d'où partir avec ces gens de passion, de mystique, et Compostelle était plausible : tant de foules du Moyen Age y avaient couru, depuis ces hauteurs, en empruntant la noble route d'Arles dont je connaissais les étapes, les épreuves et les hospices. Eux aussi partiraient. Mieux : ils étaient déjà partis de mon cœur où je les serrais. Mais ce n'étaient pas, non, ce n'étaient plus les vrais de ce village, assassin, victimes, les morts, les enfuis. Ils étaient devenus miens. Mes Imaginaires.

Ceux qui peuvent partir, ressuscités si je le veux, avec nos cloches vives, avec nous tous, santons joyeux.

***

— Remontons le temps, Marceline. Tu rentres chez toi, harassée par ta fauchaison montagnarde. Si tu étais un vrai santon d'argile, tu serais sur le socle vert (l'herbe de ton pré) ta faux droite à côté de toi, collant à ton flanc dans ton bras serré, l'autre main essuyant la sueur de ton front. On ne part pas à Bethléem en cet équipage terrien.

J'aurais fait de toi un autre santon. Toujours le foin comme socle, toi, bras ballants ; en face de toi, *l'autre,* le voisin, l'importun, le galant qui menace si tu refuses son amour. C'est lui qui tient la faux, prêt à faucher, pour t'aider au travail, te tenir par ses bons offices, te menacer en même temps. Il aurait l'air dur, et toi humble dans ton écrasement terrifié.

Ou bien je te pétrirais, ménagère dans ta vieille maison, y préparant le bon souper pour ceux qui vont arriver tout à l'heure : ta fille Hilarie, en vacances (la demoiselle étant employée au loin, à la poste), ton fils adolescent, Martin, beau bûcheron que je mettrais sur le pas de la porte avec, encore, sa hache sur l'épaule. Derrière lui l'homme, l'Espagnol, Iago, voûté sous le poids de la vie. Ton pensionnaire pour la soupe. L'aide de ton garçon, dans les coupes de bois. En vérité (mais nul ne le sait que vous deux et, trois fois hélas, ton galant, le voisin éconduit, ce bel adulte : Apollinaire) en vérité donc, disons-le entre nous : Iago, le vrai père de ton garçon.

Voilà les personnages et le décor du drame. Car, jaloux et trompé par l'apparence, Iago va, un jour prochain, tuer le beau blond qu'à tort mais fou de rage, il prend pour ton amant et celui d'Hilarie qui en est amoureuse.

Ce n'est pas la faucheuse, ni la femme en butte au voisin, ni celle qui surveille les plats de fête mijotant sur la braise pour le repas de tous, que je convie à nous suivre, ce soir. C'est un santon vêtu de noir, sévère, écrasé de remords, qui veut expier le crime d'un autre, de son amant, puisque c'est elle le prétexte du mal. Et pour que Iago soit absous, pour qu'elle expie à fond, en partant pour Santiago au prix de tant de peine, elle va emmener Martin, le fils bâtard du criminel en fuite. Que le grand saint Jacques protège, cache à tous les yeux et à la justice qui ne peut pas comprendre, Iago en fuite et le mort, le seul coupable. Mais amoureux et par là même, pardonnable !

— Que je paie, moi, pour tous ! Martin, l'innocent, m'aidera. Et que j'en souffre ! davantage, de l'entraîner ! ça aura plus de poids !

Sachant cela — pour cause ! — je risque :

— Marceline, ajoute nos Alpilles si faciles à tes Alpes dures, la paix d'ici à tes tourments, un Nazareth de rêve à Compostelle...

— Non ! crie-t-elle, violente. La Crèche, le Christ qui renaît chaque Noël ne m'aident pas à souffrir pour me racheter. Santiago, qui était le patron aimé de mon Iago, lui qui a su se battre et vaincre, qui me pousse sur une route, vraie celle-là, plus épineuse, plus méritoire que la tienne — de rêve — je lui crois un autre pouvoir !

Je m'irrite d'être battue par cette mystique sauvage et brutale, je crie (puisque, toujours, pour cause, moi je connais le dénouement) :

— Mais de ce chemin épineux, le vrai, le méritoire, tu en es morte avant d'avoir atteint le but. Sûre d'être arrivée, tu as pris Burgos pour ton ciel de rédemption : belle, pure illusion, et consolante, comme toutes, comme celle après tout, que je t'offre ce soir, de paix, de rémission. Tu es morte à ton propre drame, mais puisque je le veux, tu vis d'autre façon, éternelle comme le papier et... ailleurs. Rien ne t'empêche plus d'inventer cette autre existence à ta guise, d'y être, sinon heureuse (si le souvenir te tient tant !) du moins apaisée, tâchant de sourire. Un chemin neuf, tout irréel, y aide.

Je la sens ricaner en moi :

— Essaie ! crie-t-elle, comme on lance

un défi. Fabrique-moi cet autre destin que tu dis... si tu le peux !

C'est vrai : je ne peux pas. J'ai trop pensé et *vu vivre*, et vécu au plus profond de moi, *ma* Marceline, pour ne pas lui avoir donné, consciemment et inconsciemment, une réalité plus forte que celle de l'argile et du papier. En vérité, et ce n'est pas un artifice littéraire que j'exprime ici : Marceline la passionnée, la tragique, m'a obsédée, m'a hallucinée, m'a exaltée d'abord puis, si bien investie qu'elle a nourri mes songes de la nuit et mes cauchemars, comme mes journées de travail en sa compagnie exclusive. J'ai réalisé, grâce à elle, ce que m'avait un jour prédit, prophétique, Alexandra David-Néel : « Prenez garde, en devenant toujours plus romancière donc créateur de vie, de ne pas créer, justement ! un personnage dont vous ne pourrez plus vous débarrasser. » Ce fut le cas pour Marceline. C'est elle qui bientôt — qui, tout de suite, prit corps, prit vie, prit le pas sur moi-même, mena le jeu dans une vie seconde que, d'emblée, elle m'imposa. Je ne discutais pas, j'allais. Elle *tenait son train* régulier, inflexible, décidait, disait oui, disait non... je suivais, d'accord ou non. Livre achevé, elle, devenue folle, morte hallucinée à Burgos qu'elle croyait son but : Santiago ; moi, pour lui échapper, je pris la fuite de chez moi, je quittai même pour un temps la Provence, la mienne, la sienne, la Basse, la Haute, avec la volonté, l'espoir de la *semer* dans un vrai dépaysement en me laissant et me voulant sans cesse assaillie et même agressée de surprises. Mais non ! Noire sous son foulard de deuil, crispée, elle était toujours là : tragique sur un fond de mer dont elle me tuait le bleu, sur Fiesole ou les Uffizzi, gribouillant le Louvre et niant la Seine. Je l'avais tuée à Burgos — en vain : elle se survivait et je ne la materais pas !

Je n'avais, pour lui échapper, qu'un dernier moyen : entamer un livre nouveau. Mais elle était si forte en moi qu'elle pesa encore sur mon choix. Je m'attelai à suivre son fils Martin. Lui, écrasé longtemps par elle, mais jeune, mais léger de cœur, allait bien tenter de se redresser, tige vivante après l'orage, qui dans son élan m'aiderait à échapper à l'obsession en l'éloignant, en l'ignorant autant que faire se pourrait en s'attachant à autre chose ! Elle finirait bien par passer à l'arrière-plan et, peu à peu, à se dissoudre dans l'apport d'alluvions nouvelles !

Je n'ai jamais réussi tout à fait, puisque, ce soir encore, après longtemps, elle dit toujours non et me combat de sa violence. Je n'ai encore que toi, Martin, jeune Martin, pour changer de cap, poursuivre ma quête, retrouver ma sérénité.

Je le supplie :

— A grandes enjambées, sur des routes de délivrance, brûlé de ton amour filial mais pourtant épris d'une liberté juvénile, tu as quitté Burgos en hâte, une fois ta mère enterrée, tourné le dos à Compostelle, fait des connaissances nouvelles, écouté chanter des copains, peut-être essayé de chanter aussi. Mais votre fuite de nomades, d'innocents coupables, vous avait tant marqués, ta mère et toi, que les liens relâchés avec la morte résistaient. Tu as fui métier, maison et amours. Tu t'es fait errant, sans plus de patrie — sauf, plus tard, cuirassé, ce retour d'absent et de solitaire vers la tienne, devenue neutre.

Quitte-la un moment, ce soir. Sens ma sympathie, mon amitié triste devant tant de sagesse au plein de tes années. Consens à te chercher davantage sur mon chemin, à mes côtés où l'ombre de ta mère, exorcisée, ne nous blessera plus, où nous pourrons, qui sait ? ensemble, lui sourire puis caresser, peut-être décrisper sa main. Eprouve-toi à l'appel de la Route pour savoir si tu es vraiment assez fort désormais pour ta solitude parmi les rochers, les arbres, les simples, les bêtes, la misère... les souvenirs. Cette nuit de Noël toute fleurie d'amitié et de cloches, sur tes souvenirs sombres en ajouterait de très doux...

J'ai beau t'aimer en te plaignant, Martin, tu refuses de me répondre. Plus faible que ta mère, tu n'oses pas me crier : NON ! Mais tu tiens d'elle ta farouche réserve (qui sait se cacher en souriant doux). Si je te dis (sans savoir où je vais, ce que je risque là) : « Tu peux rencontrer Iago, ton père qui t'aime, que tu aimes tant », que feras-tu ? quel pli surpris, inquiet, tenté peut-être, sur ton jeune visage ?

Eh bien ! rien ne tressaille. Tu ne me réponds toujours pas. Je t'ai créé, en sachant te pétrir à mon idée sûre, et voici que j'échoue à te re-pétrir, à mettre une expression possible, probable, incertaine mais une expression toutefois, dans tes yeux, tes lèvres, ton geste, une ride au besoin. Adieu. Tu es plus fort, plus sage et plus savant que moi, comme il advient du fils vis-à-vis de sa mère, et du créé peut-être, face à son créateur. Je t'ai donné une vie qui m'échappe et tu refuses tous mes mots. Adieu, ô mon Imaginaire qui bats seul tes chemins secrets. Le nôtre de joie (fît-il semblant) n'est pas le tien, ne saurait l'être désormais.

— Mais toi, Iago, le disparu, ne quitterais-tu pas ton désert caché pour une heure ? Il est possible que Martin à présent, ait peur de la joie comme il eut peur de l'amitié naguère, mais un homme fort comme je te sais ? comme je t'ai voulu et fait ?

Or, voici, Iago est introuvable. Il a voulu se perdre tout à fait, plus que se cacher et plus qu'échapper. Il s'est noyé dans le néant : d'abord les cachettes de la sauvagine — la ramure des arbres — chez une folle — des bohémiens — puis dans le

Rien du désert camarguais, l'impossible à dire, à dépister, la réalité irréelle du Néant. Il a désiré s'oublier en se perdant, en plein, dans la masse des réprouvés — sable mouvant, désert. Iago, son crime d'amour fait, perdu l'amour de Marceline, s'est renié et ne répondra plus. Si humble, l'apatride a disparu de toutes les mémoires en même temps que de la sienne.

Pire, il est devenu mort-vivant, il est devenu Fernando, le gitan tué de tuberculose qu'il a aidé à vivre sa fin, à mourir, à être anéanti, dans la vase liquide, mouvante, du Grand Abîme, cimetière sans fond privilégié des gitans. Il a endossé les habits de Fernando, mis ses papiers d'identité dans sa poche, photo brûlée, et a reparu alors ; mais un AUTRE ! à tout jamais méconnaissable parmi les gens des Saintes-Maries-de-la-Mer, travaillant, parfois, par nécessité, en les aidant, pour se survivre. Et répondant au nom de Fernando Jimenez, ce qui est bien le plus absolu des trépas.

Mais quelqu'un — la Folle des Moures — a dû garder son souvenir, me dis-je au plus profond de moi. Elle ne peut pas avoir oublié, elle qui sacralisait tout !

Le papier non plus n'oublie rien. Je retrouve en ses vieilles pages Iago à travers la pauvre Folle. Comme elle voyait juste à travers son propre naufrage !

Elle lui disait :

« Tu viens de chez les morts mais tu n'en es pas tout à fait sorti. Je t'aiderai, le temps qu'il te faudra et celui qui me reste, à moi. Viens dans ma maison. Tous les miens y sont. Je les ai mieux encore à ma disposition sous le vieux cerisier sorcier qui a causé tous mes malheurs mais qui, par sa sorcellerie, m'aide et m'aidera à les ressusciter. »

C'est sa mission qui lui fait me répondre quand je l'invite :

— Comment pourrais-je m'absenter ? Les abandonner ? Interrompre ce que je suis ici pour faire ? M'en aller promener ? déserter ? les laisser non seulement défunts mais sans plus personne avec qui espérer sortir de cette chrysalide... même en sortir un peu, toujours un peu plus, grâce à moi ? L'Homme étranger, venu de chez les Morts, qui l'était encore, voulait le rester et le devenir même davantage. Il n'avait plus ni nom ni monde à lui. Il répondait à mes questions (muettes !) : « Je n'ai plus de nom et plus rien. Tout est resté accroché à mes ronces. Je ne suis personne et je veux la paix ! » Il se faisait appeler TOI. Je préférais être pour lui La Vieille plutôt que La Folle. Au fond, cela m'était assez égal. J'ai l'habitude. Mais FOLLE signifie que les gens ne comprennent pas. VIEILLE est vrai et me fait plaisir car la science et la sagesse ne peuvent venir qu'avec l'âge. Moi, je veux cela, ardemment ! Donc, je vis. Lui, ne voulait rien, n'était plus rien que le refus de tout. Même de l'amour ! Donc, un mort. Et pas moyen de le ressusciter. Parti comme il était arrivé. Vers son Compostelle, à son dire. Je ne crois pas, je ne croirai jamais qu'il y soit arrivé. Car pour cela il faut être vivant, aimer Santiago, aller vers lui... du cœur !

Je lui vois un air soudain inspiré, je veux dire grave et heureux ensemble. A ma question (muette aussi) elle répond :

— Je ne suis pas sorcière pour ressusciter, même faiblement encore, ceux que j'aime. J'ai tout un monde de génies, de guerriers, de Dames, de magiciens pour m'y aider : les Moures — ce vallon où des châteaux en ruine abritent cette foule et leurs démons, leurs monstres, leurs fantômes et leurs Voyants qui *semblent de pierre,* le jour et pour les profanes, mais parlent, s'agitent, se consultent, s'aident, m'aident la nuit venue de leurs mots, de leurs chuchotis, du chant des oiseaux et du vent, de leurs herbes qu'ils font pousser pour mes remèdes. Sais-tu bien qui ils sont, eux tous ? L'armée pétrifiée des envahisseurs Maures qui, autrefois, vinrent mettre le siège ici, occupèrent tout ce pays, y apportant la poésie... mais on ne la comprenait pas ! et, alors, la musique ! Ils entouraient leur Emir et voilà que, d'une fille, ici, lui, tomba amoureux. Elle quitta tout pour le suivre. Mais comme, furieux, le Seigneur son père levait une armée pour combattre ces Maures savants et artistes (pense ! des poètes ! des joueurs de luth ! un prince amoureux et un rapt !) lui, l'émir, pour sauver la belle amoureuse et son bel amour sans combattre ni tuer personne, par sortilège il s'empierra avec son amour, l'armée, tout son peuple. J'ai appris tout cela en songe car ce sont là que naissent les vraies inspirations. Disons les pures vérités.

Je me sens grave comme devant les fous, attristée aussi. Mais pourquoi puisque sa folie, à elle, lui octroie un monde magique ? Liées que nous sommes, elle n'en perd rien :

— J'ai pitié de toi, si insuffisante ! Ecoute-moi : tout sortilège, puisqu'il a commencé, prend fin. Les pétrifiés du Vallon sont *ceux qui ne comprenaient pas*. Les autres ont fui. Vois : il reste leurs socles vides. Ils ont rejoint leur ciel, leur terre puisque la poésie et la musique continuent. Ils doivent aussi vivre leur amour. Les autres, les épais, se lèveront *quand ils auront compris*. Et ce sera, comme toujours, quand l'inspiration leur viendra, de préférence sous la pleine lune, en septembre, ou lorsque un inspiré dira le maître mot en passant, par hasard, ici, sous cette lune septembrine.

Ah ! son visage s'illumine soudain et c'est bon mais navrant, tout ensemble encore, dans ces rides :

— ...Et si c'était moi, la bavarde qui pépie à tort, à travers, qui le dise, ce maître mot ? Mais ne rêvons pas ! En tout cas, je ne veux pas manquer l'instant où finira l'enchantement. Je n'ai pas vu se lever l'Emir et sa belle. Le socle à deux places qui porte, gravée profond, la coquille des pèlerins est assez significatif ! Ah ! j'ai dû être négligente, une fois ! Châtiment ! Mais désormais, je ne partirai plus, même en rêve, et surtout pas ce soir, le soir astré des cloches de Noël ! Mais lorsque j'aurai enfin découvert l'escargot, semblable à mille autres, *mais* qui tourne à gauche, qui lève les sorts, il se peut que je voie s'ouvrir ces yeux de pierre et les Moures partir pour l'endroit qu'ils *sauront*. Je ne dois pas être distraite. Voilà aussi pourquoi je ne peux pas vous suivre. Le fil de mon destin est tellement fragile que je dois le tenir seule et au secret. M'aider seulement de ces herbes, de ces pierres, de ces coquilles, de tout ce qui semble venir de *rien,* écouter attentivement ces phrases qui naissent en moi, soudainement, inspirées par les Moures, quand je pense assez fort à mon mari, à ma fille, à mon gendre pour les retrouver un instant sous le cerisier maléfique, ou en fixant les flammes de mon âtre, ou en faisant retraite sous la lune, dans le Vallon.

Soudain elle sourit, comme à un souvenir reposant, un peu étonné, un peu charmeur aussi et ajoute :

— Figure-toi que j'ai trouvé plus fort que moi, en bien plus jeune : quelqu'un qui ira loin, un garçon resté chez moi quelque temps en me rendant mille services, qui disparut aussi comme il était venu, comme tous ceux qui passent par chez moi, d'ordre d'un destin incompréhensible, mais bah ! Il ne craignait rien ni personne et, quand je lui ai demandé, timide : « Apprends-moi ce qui t'a donné la puissance de fixer droit, d'aplomb, sans peur jusqu'aux maléfices du ciel, et, dépenaillé, de rire quand même », il m'a répondu : « Justement c'est de n'avoir rien ni personne au monde, d'être sans feu ni lieu, donc libre. De partir à ma guise (il me l'a bien prouvé !) De me conter à ma guise une histoire, de me jouer un air inventé selon le moment. Surtout de ne pas m'attacher ! » Il aurait ri en haussant les épaules si tu lui avais proposé de te suivre vers... Dieu sait quoi.

J'ai pensé :

— Je le sais trop bien puisque c'est Martin, que j'ai essayé — en vain d'entraîner ! Mais ta folie voit plus clair et plus loin.

Tant de refus venant des personnages de papier que j'ai créés, qui poursuivent leur vie sans moi, me déconcertent. Comment diable, tirant leur substance de mon vouloir, me quittent-ils, pire : me nient-ils ? Vrais enfants si tôt plus qu'indépendants, étrangers, hérissés en contestations !

IV

AVEC CEUX
DE LA PROVENCE
QU'ON ASSASSINE

EST-CE le désenchantement de ces dérobades ou l'angoisse d'être si mal comprise de mes gens, au sens plein du mot, qui rejette ma quête calendale vers mes plus proches, ceux qui ont le plus partagé de mes révoltes personnelles et que je sais me comprendre le mieux, ayant assumé mon combat ?

Du coin de mon feu solitaire, au sempiternel, au nostalgique appel des cloches de Noël, j'évoque ce domaine ferme-château, la Bouscatière, nid familial malmené par la vie mais toujours debout et vivant au cœur d'un grand vallon d'Alpilles où pins, chênes et sapinettes épousent les cultures d'hommes, où la sauvagine est chez elle, sans gêne vis-à-vis des gens, de la basse-cour, du verger et de la vigne en liberté.

Là, miettes que la main du destin vient de rassembler, seuls survivants d'une grande famille préalablement mutilée, vivent de nouveau réunis la mère, Mme Arnavel, qui gère la propriété dévaluée par les sombres temps actuels, son fils Guilhen, le peintre, que sa convalescence d'un accident très grave ramène de Paris, les fermiers qui cultivent les champs si âprement gagnés sur la colline, en ruminant leur triste découragement. Chacun fait face comme il peut devant la misère qui monte, l'incompréhension du Gouvernement, l'assassinat systématique de la Provence, de son économie, surtout de sa belle paysannerie au profit de l'argent et de l'industrie, du tourisme, des promoteurs, des aberrations à la mode, de la laideur et de la destruction des vraies valeurs de toutes sortes.

Ces gens, je les ai vus au vrai, éternels prototypes, je les ai modelés, recréés, en les transposant, mais ce sont mes idées, mes colères, ma lutte qu'ils portent en eux et poursuivent. Je ne dois pas, ce soir de trêve, être déçue par leur refus.

— Vous qui, dans votre mas-château trop grand pour deux, sonnant le vide, n'entendez pas le chant lointain des cloches, les imaginez seulement, rêvez d'une Crèche, pas faite, et de la Messe de Minuit que vous n'entendez qu'en pensée, comme vous voilà accordés à ce voyage imaginaire vers un Nazareth qui l'est plus encore ! Car, du réel, il faut tout d'abord extirper la haine, la mort — bref : la guerre — qui y sévissent sans répit !

Refaisons, pour reprendre force, courage et joie, refaisons un ciel fou d'étoiles, l'Annonce d'un Ange de paix, l'Appel aux bergers, aux cœurs purs, à la foi, quelle qu'elle soit, à celle qui meut les montagnes et lance la foule en avant ! Nous porterons chacun à la Crèche idéale (vrai soleil !) celui, intérieur, de notre rêve personnel, de ce nous-même si secret que nous cherchons à découvrir.

— Non ! répond en moi Mme Arnavel, car la réalité de cette vie m'écrase. Le travail pour rien, récoltes détruites, jetées au fumier, les méventes, tous nos efforts brûlés sous le mazout impie, si cher ! corbeillées magnifiques noyées en Durance, mais impôts toujours plus pesants, toujours plus injustement répartis et qu'il faut payer par avance sous la contrainte, combien dure ! Quelle place nous reste au cœur pour le rêve ? Où, l'évasion ?

— Mais justement, il faut la faire ou la garder, se l'imposer de vive force, s'y réfugier pour prendre courage.

— Quand la lutte vraie est trop dure, me répond-elle, impossible de s'évader, de *s'envoler*. Nous sommes ces oiseaux de l'air que le mazout assassin cloue au sol, englués à mort. Crie-leur : vole ! Crie-leur : chante ! Idiote ! ils agonisent. Il te reste à les enterrer. Nul n'est tenu à l'impossible, pas plus les paysans assassinés que les oiseaux. Il y a un poids de malheur sous lequel, trop faible, on succombe. Mais nous lutterons pour la terre, la survie, jusqu'au dernier souffle. Epargne-nous d'exiger un reste de joie. L'Etat, le percepteur se sont chargés de la tuer aussi.

Mais Guilhen, le fils, l'artiste intervient :

— Ces mots de lassitude tuent, eux aussi,

la force de se battre. La volonté ne suffit pas. Il faut s'aider avec, oui, du rêve, de la beauté, de l'enthousiasme, du rire !

— Facile à toi, qui vis d'autre façon, pour qui une couleur, moins même : une nuance du ciel, d'un fruit, d'une fleur, d'une feuille sont sources de joie — sont récoltes dont tu vis, avec ta peinture. Les gelées, les inondations, les sécheresses tu t'en moques, ou bien mieux ! tout cela te donne de nouveaux motifs de tableaux. Toi, tu peux donc partir sur la route du rêve calendal, un carnet de croquis dans la poche, le cœur ouvert à tous les émerveillements de la nouveauté rencontrée.

— C'est, approuve Guilhen, le seul bagage des artistes. Si léger et si lourd de possibilités, d'espoirs déçus, recommencés... Le travail-jeu de tout amour profond. Car, en fait, c'est l'amour de ce travail sans fin au résultat éternellement imparfait qui nous porte et que nous portons à notre Crèche inaccessible.

— Ma compagnie, dis-je, te plaira-t-elle ou t'en sentiras-tu tantôt trop incompris, tantôt exaspéré ?

— J'ai dépassé cela, me répond-il, car

partout et en tout il y a l'étincelle qu'il faut apercevoir, même si fugitive, ou savoir provoquer : ce qui est le plus excitant. Si c'était, pour nous, la vraie Pastorale se rendant au hasard des chemins, à l'appel d'un dieu, poussé par son seul grand amour admiratif, je pourrais emmener avec moi non pas le fermier, comme ma mère, écrasé par la terre, mais le pâtre, Constant, qui m'a offert les Alpilles et le troupeau, la liberté pénible et noble de l'errance, la beauté des intempéries : de *toutes* les intempéries, ce qui est signe de compréhension bien profonde, *d'indifférence* au sens bouddhique : l'indifférence au suprême degré qui, dépassant haine et amour, voit la beauté de toute chose, l'aide même à s'épanouir dans ce climat dit de sérénité. J'emmènerais aussi le charbonnier qui me prêtait sa hutte et m'enseignait l'art-métier du charbon de bois en réglant le feu et l'air juste, juste ! J'y apprenais la nuit dans la pinède trouée d'étoiles et de cris insolites. Pareil et tout autre enseignement, avec le piégeur, maître en ruses et en lectures d'herbes courbées et de rameaux cassés, de crottes fraîches et d'empreintes. Tous les artisans de nature ! ce serait la vraie Pastorale. Ils mangeraient, bavarderaient, plaisanteraient, pousseraient la meule, porteraient à l'Enfant qui le sac de farine, qui le gibier piégé, qui la poule... un peu chapardée peut-être (pour le bon motif !) qui le chou-fleur, qui le berceau sur sa tête, qui sa lessive pour la laver au ruisseau et l'étendre au soleil d'hiver, en se reposant à côté. Qui, enfin, sa musique de flûtet et de tambourin, ou sa farandole, ou sa joie de Ravi et Ravie aux mains vides, au cœur ardent : la plus mystique des offrandes. Et moi, mon vœu humble et brûlant : avancer vers cet idéal inaccessible et divin de l'artiste. Le voir plus clair et, qui sait ? un peu moins lointain ! Illuminé par ce Soleil : le pur symbole de la Crèche intérieure et pour dire mieux, plus chaud : de l'amour.

— C'est toi, Guilhen, ai-je pensé, qui la vois le plus clairement dans sa plus profonde signification. Les autres tâtonnent vers elle, la confondant trop avec le folklore, la fête et la simple tradition.

— Non, fait-il, hésitant. J'ai connu un garçon, de passage chez nous, amené par le vent et remporté de même, dont je ne sais que le prénom : Martin, mais ni le vrai nom, ni l'histoire, ni celle du vent de hasard qui le fit atterrir au mas. Un pauvre mais un fier avec simplicité, un errant sans attache en ce monde-ci ni en l'autre apparemment, paysan, bûcheron, conteur sans confidences, amical à tous sans intimité, enthousiaste sans délire, restreint en tout sans amertume, curieux de tout mais sans passion pour rien. Un peu Peer Gynt dont il aimait, semblait-il, écouter le disque et se laisser rêver dessus. Un peu Peer Gynt, oui, mais pas trop. Lui partirait, le plus léger de tous, n'emportant rien que son harmonica, improvisant pour rendre grâce sans savoir trop à qui, à quoi et s'en moquant, n'ayant au cœur que le désir de rester libre et disponible, assez fort pour se contenter (en fait de possession) de ses seuls souvenirs et de ses seules rêveries. La forêt de Peer Gynt, il y respirait à son aise et tout le ciel, dessus, était à lui et à lui seul. Tu aurais dû le rencontrer au hasard des pages, des livres, des évocations, imaginations, créations avec quoi se compose un livre.

Je pense, m'ennuyant de ces ruminations :

— Martin, encore toi ! toujours toi ! Est-il vrai que tu es le plus proche de l'esprit secret de la Crèche ?

Je réfléchis : si ce n'est l'un, c'est l'autre de tes multiples Toi qui, pas à pas, épreuve sur épreuve, s'en est toujours plus approché. Guilhem et les gens de la Bouscatière n'ont connu que l'un d'eux : celui qui, tel Peer Gynt, déjà sur le Grand Courbe, ne voulait plus être rejoint nulle part, mais faire son Tour — pour grand qu'il fût — devant aboutir — qui sait où ? Oui, ce Martin-là était prêt pour tout accident de la route : déjà il les survolait tous. Aux temps heureux d'avant le drame de Saint-Martin-du-Roure, quand il bûcheronnait avec Iago, dans l'ignorance et l'enfantine joie, partir avec nous pour ailleurs (cet ailleurs étant n'importe où) lui eût été vacancière aventure, plaisir d'aller en curieux, en insouciant. La Nativité eût été pour lui un beau conte, réalisé ou non, mais d'un pittoresque enchanteur. Tout simplement.

A l'heure du départ pour un rachat aux pieds de Santiago de Compostelle, rachat qui lui demeurait étranger, il n'aurait fait que suivre sa mère, à Bethléem comme en Galice, comme au diable ou au ciel. Seule existait pour lui, à peine adolescent, la décision de Marceline née de son humeur du moment. Sa bonne humeur à lui, naturelle, s'accommodait de tout et à tout cherchait, découvrait le côté plaisant.

Mais pour nous suivre ce soir, nous et nos songes, il devrait emporter sa mère, en croupe, sur son dos, Aase lourde de drames, de remords et de deuils. Une erreur, une faute. La discordance qui ferait grincer le rire de Martin comme celui de Peer Gynt, son semblable, vers l'éternel château de Soria Maria que nous est notre intime, notre lumineux Bethléem :

Que tout le monde s'émerveille
En voyant venir à la fête
Peer Gynt escorté de sa Vieille !

Après sa tentation d'aimer d'amour la petite Anita du mas de Loube, c'est la déception de son cœur, le poids de son refus qu'il porterait, ce qui lui cacherait son but, qui est le nôtre : trouver son âme, se trouver.

Après avoir quitté ses amis, ceux d'Espagne, les hospitaliers et les musiciens secourables, puis son ancien maître d'école, puis les derniers, les si bienveillants, si compréhensifs s'il eût voulu leur faire confidence, la troupe, enfin, des jeunes errants, eux aussi se cherchant encore, ce sont les sursauts derniers de l'angoisse qu'eût portés Martin, cette angoisse qui vient du courage de se refuser.

Mais maintenant qu'il a trouvé sa vraie Dame, la Solitude, il ne pourrait apporter que son vide, plus sonore et fécond (s'il est assez total !) que tout rêve et que tout réel. C'est le vieillard de la grotte de Lure qui a été son ultime modèle et celui-là, déjà, a atteint son sommet serein. Son Graal de néant qui le comble. Il nous a tous — et de loin ! — dépassés ! Ni lui ni Martin son disciple ne nous suivront plus, jamais plus, car nos sentiers font une étoile, non un ruban ou des rubans voisins.

J'ai pensé un moment au carrier mort à la Roche d'Espeil et à la Grande Demoiselle qui, son fusil au poing, hanta le même si sublime Haut Lieu. Mais ils ont été de chair, d'os, de sang vif, de cœur battant clair. Ils ont eu une histoire vraie de vivants. Je n'ai de pouvoir personnel que sur mes seuls êtres de papier, que j'ai voulus, faits, qui m'échappent, vivent leurs vies, me nient quand je les interroge en essayant de creuser davantage leurs possibles et leurs vouloirs.

Voilà — je ne dis pas l'angoisse, mais la question que, parmi vous, je me pose toujours et que j'emporterai ce soir que l'on dit être celui de la lumière.

V

AVEC CEUX DU ROYAUME ERRANT

AVEC quelque peu de superstition, je vous ai gardés pour la fin de ma quête durant ma veille calendale, vous, mes gens de troupeaux, imbus de la vie pastorale et de ses songes, ayant centré vos vies à ce point sur les bêtes que vous en avez bien souvent oublié ou au moins sacrifié la propre vôtre.

Milien, je t'avais pris au vif de l'existence paysanne, que je connais par le menu. Mais je voulais savoir de toi pourquoi les paysans et les bergers, tels Caïn et Abel, restent si loin les uns des autres, plus qu'impénétrables, hostiles.

Oui, l'homme de la terre est enraciné dans l'humus, pris dans le lacis des arbres fruitiers, des plants à légumes, des fleurs elles-mêmes qui sont de rapport par leurs graines ou, selon l'endroit, leurs bouquets.

L'homme de troupeau suit l'herbe qui pousse, l'eau qui court, le vent ennemi, fait front s'il faut à la tempête et à l'orage pour protéger et, s'il ne le peut, assister de son amour, fût-il impuissant, son bétail. La présence humaine est si efficace contre la peur irraisonnée ! La panique est si dangereuse ! Le danger subi ensemble, passé, c'est toute la troupe qui file et va chercher pitance, asile ailleurs. Jamais chez soi, en plein, comme le paysan. Le pâtre a pour patrie le ciel toujours changeant, le sol herbu qui se fane et renaît plus loin, la source qui tarit ici, qu'il faut aller retrouver en montagne, le soleil bienfaisant jusqu'à l'été, qu'alors il faut abandonner pour celui, plus frais, des montagnes.

Esclaves tous les deux, l'un de la terre et l'autre de ses bêtes, chacun méprise l'autre pour, justement, cet esclavage parce que, sous cette forme, il lui est étranger.

Or ce pays si divers, la Provence et son

peuple, divers aussi, qui sont les miens, que je ne quitte pas, multiplient, renouvellent les problèmes autour de moi. Qu'est-ce qu'un livre fidèle à un pays, s'il ne cherche pas à résoudre à sa façon l'une de ces énigmes qui, à les ruminer, tournent à l'idée fixe ? Cette idée s'empare de vous, irrite votre entendement, votre curiosité, votre amour même qui essaie de comprendre. Vous mettez un propos — un thème, sur pied, un prétexte. Vous tendez votre chaîne, cherchez les motifs qui composeront la trame et dressez cette chose abstraite que l'on nomme plan. A l'aide de quoi, vous tissez et, comme Pénélope, vous défaites souvent, ce qui abîme assez l'ouvrage ! Mais il s'agit d'être précis parmi cinquante imprécisions, de se conformer au modèle tout intérieur dont vous ignorez tout. Quels fils ténus ! Quelle fragilité ! Je pense au jet de soie bourrue que le ver à soie jette d'abord au hasard, sa toile-brouillon où, s'il est satisfait ou presque, il installera son cocon, biaisant, si besoin est, avec un nœud de la bruyère où il a grimpé, un piquant de feuille, bref les accidents du milieu. Ce qui fera, selon la chance, un beau, un très beau, ou un cocon raté. Mais, lui, aura filé, tissé son kilomètre de fil sans prendre de repos et sans jamais perdre courage. Le résultat ne lui appartient pas. De toute façon, il mourra au cœur et au creux de son œuvre, juste au moment d'en émerger pour aimer au hasard sa papillonne offerte, lui permettre de pondre, c'est-à-dire, renaître en d'autres vies... recommencer.

Ainsi pour le livre qui vit son destin et s'achève, bon ou mauvais, n'importe, pour céder à un autre le même espoir, le même enthousiasme, le même doute. La vraie vie.

Mais que le dieu des vers à soie et des écrivains les protège du coup de tonnerre qui casse le fil si ténu par l'ébranlement, et la phrase ardue par l'écrasement des sabots de l'Indésirable !

Remis cent fois sur le métier, le tissu du livre prend enfin sa forme et existe en sa vérité.

Je savais tout cela quand je t'ai pris sur ta terre, Milien, dans ton mas, au cœur de ton drame, avec la sournoise intention de faire de toi mon cobaye. Si un *vrai* paysan est contraint (je ne savais encore comment) de devenir *aussi* berger, que fera-t-il ? que feras-tu, Milien ? Vireras-tu de bord, trahissant le monde terrien, quittant la charrue pour prendre la houlette ? Te déferas-tu du troupeau ? Composeras-tu ? mais alors, comment ?

Mon propos me semblait impie car j'étais, moi, de ces deux mondes et me sentais, en toi, en trahir un ou, toujours avec toi, biaiser, trouver... Mais non ! Ce n'est pas *nous* qui, du bout de la plume, allions résoudre cette quadrature du cercle, réconcilier Caïn et Abel !

Le passionnant était toutefois de risquer.

Tu avais ton mas, ta famille. Je t'ai, en te coupant de ce que, jusqu'ici, tu appelais *les tiens,* imposé l'héritage du troupeau de Constant. Lui, tombé au ravin, blessé, secouru par toi seul, n'avait que toi à qui il avait rendu le service de te faire souffrir davantage. Il te devait bien ça : te faire riche. Dure épreuve pour toi, que ce bien de surcroît ! Tu as discuté, bagarré, lâché juste ce qu'il fallait, vendu, souffert, subi le mépris des vrais pâtres à qui tu demandais un service, sans leur en rendre, tant tes racines tenaient fort dans le sol. Tu t'es arrangé de ton mieux, sacrifiant un peu des deux côtés, puis, honnête, tu es parti pour la montagne, car le troupeau, ça vit ! Et la vie, de chair et de sang, tu l'as jugée plus chère que celle des récoltes.

J'ai souffert avec toi, avec toi bagarré et biaisé. Mais tu étais droit. J'ai aussi pensé que mon propre père, le paysan, t'approuverait, m'approuverait d'avoir laissé, en toi, gagner la vie, celle qui souffre, saigne et aime. Alors je t'ai rendu l'enfant (tienne ou non) qui était, après tant d'épreuves, *ta* fille. Je lui ai donné une mère, une bergère qui te serait vraie femme parce que vous aviez ensemble souffert et éprouvé, en vous affrontant, vos valeurs.

Je n'ai pas résolu le problème. Un carré... un cercle... Caïn, Abel... Mais je sais que les cœurs terriens ont, tout au fond, sous leurs qualités singulières, une vertu d'amour pour tout ce qui est authentique en fait de droiture et de sentiment. Leur pierre de touche est la vérité.

C'est pourquoi, parmi la poussière de leurs troupeaux mêlés, mais cette fois, harmonieusement, dans un sentiment de famille indissolublement unie, marcheront, ce soir, parmi les premiers, conduits vers un Bethléem idéal encore plus beau d'être le leur, Constant, ce vieux qui ne transigeait pas avec l'honneur, toi Milien, avec Catherine, Nanon glissée entre vous deux.

Et Nègre ? Eh bien ! lui et sa femme garderont le mas, la volaille, les sacs de blé, le vin, l'argent contre ceux de la cambriole qui profitent des soirs de fête carillonnée pour écumer durant la Messe de Minuit.

Là-haut, dans sa vallée solitaire des Alpes, le vieux Basile, perclus de rhumatismes, écoutera sonner les cloches du hameau mais, immobile au coin de son feu de Noël, comme nous, ici même, en somme, Basile, ayant fini sa tâche et souri au ménage heureux, sera encore, en esprit, le plus proche de notre propre mystique calendale.

Il doit se répéter ce proverbe des pâtres d'Arles qu'il aime tant : « Mieux vaut la sonnaille d'un pâtre qu'un bourdon à large ballant pour recevoir un roi ! Et, ce soir, le Vrai Roi ! » Basile le reçoit au plein de son cœur, souriant. Le reçoit ? Mais non ! Il y est toujours !

*
* *

... Les pâtres marcheront en tête, derrière les grands boucs meneurs, ceux qui savent tout et retrouvent chemins et sentiers noyés sous la neige. Or, nous, c'est *notre chemin* qu'il faut suivre. Merci aux bêtes, aux humbles et aux purs qui nous servent de guides en même temps que de bons compagnons.

Mais je ne me sens pas le droit de marcher auprès des bergers que j'aime, à leur pas, à celui de leurs bêtes meneuses car j'ai le goût, l'amour mais non la science pastorale. Qui donc marchera près de moi ?

VI

AVEC CEUX DES ARSACS

Vous, gens d'Arsacs, tribu d'Alpilles — terre et bêtes — terre d'oliviers pauvres mais si beaux, bêtes de sonnailles, pauvres aussi mais si allègres !

Du seuil de son mas rocassier, la Grande Arsade règne avec sa science, sa droiture, son amour de tout et de tous sans faiblesse mais souriant. Elle a voulu ce bien et l'a acquis à la force de son courage, non pour elle mais pour les siens et pour la beauté de ce bien qui est la vocation du Pays d'Alpilles lui-même. Il fallait autour d'elle cette harmonie de la nature, du mas, des gens, à l'Emperière. Elle l'a aidée, l'a faite parparfois, l'a maintenue d'un cœur tout instinctif. Si, dans son vieil âge, je lui dis :

— Venez ! Nous rêverons ensemble au miracle de vivre pour espérer d'autres miracles, à partir de celui de Noël où naît l'Enfant-Dieu, elle viendra !

Ce sera découvrir, pour elle, une autre Provence d'Alpilles qui s'ajoutera à la sienne, ce qui doublera son amour. Ce sera découvrir aussi une maternité divine qui divinisera la sienne. Albin, son fils, sa bru Annette faite pour le bonheur d'Albin auquel elle n'a pas menti, tuée trop tôt par la foudre du ciel pour laisser au destin le temps de faire une ride à la joie du couple ! Régis, l'enfant, le bien-nommé, le roi, que le malheur a fait tout sien : c'est vers lui qu'elle ira en marchant vers la Crèche symbolique. Vers son cœur même, et avec quelle exaltation !

Puisque je t'ai pétrie, Arsade, tu es morte, comme on dit, de ta belle mort, sans vivre ni connaître les désastres qui allaient fondre sur le mas : la guerre, Régis mort pour la patrie (pas la tienne !), Sylvestre le petit pâtrillon, disparu dans la boue d'un champ de bataille, Albin, ton fils meurtri qui n'avait pas ta force noble, se dissolvant dans l'A QUOI BON ! Névia, la petite Névia entrée pour servir, devenant servante-maîtresse puis, à ta place (ô sacrilège !) parce qu'elle était enceinte, patronne légitime, apportant ici l'incompréhension, le malentendu sans remède ! Sur le chemin de notre rêverie, tu ne la rencontreras pas, ni ses enfants : bien qu'étant des Arsacs, ils n'ont rien de toi, de ta race fière du roc. Ils sont aussi des obtus, insensibles à toute beauté, toute féerie, toute joie qui flambe et brûle en profondeur. C'est pour eux qu'est fait le proverbe :

Qui ne s'enflamme pas ne saurait resplendir.

Si tu demandes pourquoi je les ai faits, je te répondrai simplement qu'ILS se sont faits eux-mêmes et se sont imposés à moi, selon cette règle fatale qu'il faut de tout pour faire un monde et que (mon Dieu !) ILS y sont tous, et puis encore, selon cette autre règle déjà énoncée : bien que de papier, les personnages que soi-disant l'on cré à sa fantaisie veulent vivre leur propre vie, prendre leur pas, le suivre, se moquant pas mal de vous dérouter, et à vos desseins de rétorquer NON ! NON ! et NON !

Toi, ne m'accuses pas de ne pas les avoir aimés. On aime toujours ce qu'on crée, même contraint par le destin de ce qui naît. Mais on aime avec des nuances et ces indigents-là, tiens sans l'être, Arsade, je les ai plaints pour leur cœur sec et pour leur totale incompréhension. Ils sont de ceux à qui l'on ne saurait proposer, la nuit de Noël, une païenne, une mystique Pastorale courant vers le Nazareth de leur rêve. Ils n'en ont pas.

Mais sur ma route astrée, tu verras un pâtre : Toussaint, inconnu de toi, de ton temps, mais bienveillant et bienfaisant à l'égard d'Annie, ta petite-fille inconnue aussi, mais bien tienne. Bien mienne, par la même occasion.

***

Annie des Arsacs, porte ma jeunesse à la Crèche de nos plus secrètes pensées ! Sans le vouloir ni le savoir, je t'ai créée, non à ma ressemblance mais à celle de qui j'aurais désiré être. Tes épreuves d'enfant, d'adolescente, je les sais bien au fond de moi. Tu as fait front, tu as eu mal mais tenu bon, même en devant céder. Merci à toi, chevrette courageuse !

Tu étais de ce roc d'Alpilles, de ce mas de roc. On t'a arrachée. Je sais, en toi, la souffrance de tes racines restées meurtries. L'épreuve de tes retours cachés. Au prix d'une nouvelle guerre blessant ton bien, là-haut, comme ton cœur, ici, j'ai bataillé avec toi contre l'homme qui, non sans droit, voulait tant l'acquérir ! C'était beaucoup de l'aimer, ce mas tien, comme tu l'aimais, c'était beaucoup, pour lui, Bernard, d'y avoir caché son courage, sa volonté, son action de Résistant pendant l'Occupation, d'y avoir été en danger, d'en avoir fait l'abri fraternel pour des hommes et la cachette sûre pour les munitions nécessaires. Vous aviez raison tous les deux. Restait de vous aimer pour le garder ensemble. Tu t'y es contrainte : je sais ! Il faut un bien puissant amour secret pour recréer l'amour humain de toutes pièces ! Tu l'as fait. Bernard sentait-il un effort, une maladresse, une insuffisance — bref, l'imperfection ? Artiste, serait-ce de ce *manque,* involontaire, certes, mais réel, qu'il t'a châtiée ?

Mais, Annie, tu as su faire front, souffrir et te taire, respectant toute liberté puisque tu aimais tant la tienne. Sans la douleur, tu n'aurais pas été complètement toi et adulte, pas une Arsade en plein. Tu l'as été et j'en ai été fière car j'avais souffert avec toi.

Or, comment, toi, petite Arsade, digne de l'autre, as-tu réagi à la peine ? En muant, en comblant celle-ci par un art à toi. La Création entre tes mains !

Bernard, du moins, t'a révélée à l'art. Tu as vu ses diverses œuvres sorties des éléments naturels sous une autre forme, s'ouvrir à une vie nouvelle, témoigner d'un Monde, d'un Esprit d'Ailleurs. Il t'a éduquée et donné l'audace d'enfanter à ton tour dans cette existence irréelle, des personnages qui y vivraient leur propre vie, leurs sentiments, leurs désirs — et qui seraient beaux !

C'était beaucoup, pour toi, d'avoir été bergère près de Toussaint, d'avoir aidé les bêtes à paître par temps dur, à souffrir dans la maladie, à enfanter dans la douleur mais dans la joie, l'animale, si pure ! C'était encore plus d'avoir retrouvé, repris du bout de ta houlette le mas, l'étoile des vallons, les oliviers, les chênes qui avaient connu et aidé ta race obstinée. Et d'y avoir souffert de cent façons, c'était bien davantage encore ! L'enfant, la jeune fille, la femme, la bergère : quel poids, quelle épaisseur de fond ils allaient donner à la santonnière !

Inspirée, adroite, joyeuse d'œuvrer toi-même, approuvée par Bernard, souvent même admirée (une autre forme de l'amour) tu as appris, geste après geste, maladresse après maladresse ce qu'était l'ivresse de la création. Et que le fond où joue l'ombre de la souffrance y est indispensable pour faire valoir les coups de lumière intérieure que doit traduire l'ébauchoir.

Selon l'humeur, le jour, le ciel, ton sentiment, tu as mis au monde des jeunes : bergers, bergères, musiciens et danseurs, ou des vieux ridés : des Toussaint, des Annie lassées. Des résignés aussi, d'autres, illuminés par tu ne savais pas toi-même quelle interne révélation. Tu l'as peut-être appris, après, des santons mêmes.

Tu as su, en tout cas, la nécessité de souffrir, celle du drame, apparent ou caché, d'abord accablant, dominé ensuite. Et vois, Annie, toi ma plus proche, tu sais comme moi maintenant que la Crèche exprimant l'allégresse de la naissance (et d'une naissance divine !) ne prend sa totale valeur qu'à cause de la certitude que, nous, pèlerins accourus dans la joie, avons de la croix qui est préfigurée derrière. Nous *savons* l'affreux avenir : la persécution, la Fuite en Egypte, l'incompréhension, la condamnation, le Chemin de Croix, le Calvaire : le fond, le poids du drame, sa signification haussée jusqu'à l'ébranlement du monde !

Tu m'approuves. Soudain, tu dis (et je sens en moi ta question puisqu'elle est la mienne) :

— Et toi ? Qu'apportes-tu dans ce voyage, au fond de ton cœur, pour en faire offrande ? Qu'espères-tu trouver de lumineux ?

— Laisse-moi réfléchir sévèrement, très fort ! Dans ce silence étrange qui dure depuis si longtemps après le carillon de la Nativité.

— C'est, disent le feu qui se meurt et la fente d'aube aux fenêtres, c'est que la nuit d'allégresse est finie.

C'est le jour de Noël ! Soudain, les cloches réveillées appellent de nouveau à l'église. Messe du jour !

*
* *

Annie, je me souviens !... Voici ce que je porterai, moi, avec mes mains vides, moi sans enfant que ceux faits de papier : un enfant vrai, bien vivant, de ma race, qui naquit, voici bien un siècle, comme en ce moment, quand sonnaient les cloches allègres du matin neuf de la Noël.

Ma trisaïeule, que, bien sûr, je n'ai pu connaître, si semblable à la tienne, la Grande Arsade, que tu n'as pas connue, était paysanne d'Alpilles. Son mas d'alors, d'humble qu'il était, devenu aujourd'hui fastueux, ostentatoire, étranger, dit résidence secondaire, est tout hérissé d'interdits. Il n'est plus à la trisaïeule ni à moi, sinon par la rage au cœur.

Ils y vivaient, jadis, beaux-parents, jeune couple, ensemble en une belle tribu unie qui travaillait tant aux oliviers qu'avec le troupeau.

Le matin de Noël, à l'aube, Marthe, la jeune femme enceinte du premier enfant, était allée à la messe de l'aube pour qu'avec l'Enfant-Dieu le sien fût béni avant l'heure, lui qu'elle appellerait secrètement Noël quand sonnerait le carillon de fête. Or, pendant cette messe matinale, avant-coureur, ce petit à naître se mit à vouloir naître pour de bon. Effrayée, Marthe, avec précaution, prit la fuite dans l'allégresse du bourdon calendal, traversa le village, prit le chemin dur des collines et, arrivée péniblement au col, juste à la vue de son mas dans le creux, qui fumait là en bas, paisible, prise des vraies douleurs, les dernières, dut s'arrêter, gagner péniblement une rangée de vieux cyprès et sur l'herbe flétrie de gel, seule comme la sauvagine, elle mit son enfant au monde.

— Noël ! Noël ! Mon vrai Noël tout mien !

Comme fait la bergère lorsque naît un agneau ou un cabri, comme elle avait fait si souvent, Marthe fit couler sur la terre — la terre mère — les premières gouttes de lait, puis mit le sein aux lèvres de l'enfant. Ainsi la Vierge à Bethléem.

Goulûment, lui, de bonne race rocassière et s'affirmant au premier rayon de soleil de son premier jour sous le ciel, téta, téta, ouvrit les yeux et les referma, ébloui. Ebloui de tout, il demeurerait. Je tiens de lui cet héritage : le pouvoir, l'état d'émerveillement.

Marthe, alors, le baisa au front puis, sur sa bouche but la goutte de lait restée suspendue. L'union, la communion : terre, nouveau-né, mère. Puis enfin, dans sa vaste jupe, sa jupe nuptiale de brocart noir, celle qui l'accompagnerait à chaque fête de famille, aux baptêmes, aux communions, et dans laquelle, enfin, on l'envelopperait, suaire fleuri, pour la terre, elle prit l'enfant, l'emporta en titubant mais croyant voler de bonheur.

C'est cet enfant, Annie, ce Noël dont je suis la suite, que j'offre, hostie, à Celui qui va naître, symbole sacré de chacun de nous, ce chacun de nous qui se cherche et se trouvera peut-être un peu plus à la lumière venue de l'Orient qu'aura quêtée, ce soir, notre rêverie calendale.

Vois, Annie, le soleil levant ! Buvons-le vite ensemble, ô toi, ma jeunesse, ô vous, fantômes de papier, compagnons fidèles de ma vie adulte. L'âtre, avec l'année qui finit, meurt de fatigue après la si longue veillée. Ranimons-le, avec le jour neuf et l'espoir !

Allégresse ! Allégresse !
Que le Seigneur nous donne l'allégresse !

Marthe, son premier-né aux bras et sur son cœur, a sûrement, au son des cloches de Noël, serrant son Noël-tout-à-elle, dit, proclamé dans son exaltation la formule de nos vieux rites :

Allègre ! Allègre !
Que Noste Segne nous allègre !
Calèndo vèn.
Tout nous vèn bèn.
Diéu nous fague la gràci de vèire l'an que [vèn !

C'est vrai, ô mes fantômes de papier, Noël est venu et tout nous est, avec lui, bien venu ! Que nous soit accordée la grâce de voir celui de l'an prochain : vous vivrez un peu plus longtemps de votre vie imaginaire. D'autres (jusqu'à ma propre fin) viendront s'ajouter à leur tour à notre étrange Pastorale. Ainsi se réalisera le dernier vers du rite calendal :

E que se sian pas mai, dôu mens, fuguen
[pas mèns !

Je vous le dis, à tous, et de tout cœur :

Que si nous ne sommes pas plus nombreux, l'an prochain, ô Dieu ! ne le soyons pas moins !

Des Alpilles de Saint-Rémy-de-Provence,
POUR NOEL de 1978.

TABLE DES MATIERES

I NOEL SOLITAIRE ET PEUPLE 7

II LES VOICI TOUS ! 19

Avec les gens du QUARTIER MORTISSON et LE VIEUX-DE-LA-MONTAGNE. 24

Devenir santonnière 58

III Avec ceux de LA SUITE PROVENÇALE 63

IV Avec ceux de LA PROVENCE QU'ON ASSASSINE 87

V Avec ceux du ROYAUME ERRANT 101

VI Avec ceux DES ARSACS 111

ACHEVÉ D'IMPRIMER
LE 26 OCTOBRE 1978
SUR LES PRESSES
DE
L'IMPRIMERIE
CARLO DESCAMPS
CONDÉ-SUR-L'ESCAUT
59163 FRANCE

Dépôt légal : 4e trimestre 1978
N° d'éditeur : 10466
N° d'impression : 1653
Imprimé en France